Wir bedanken uns für die finanzielle Unterstützung
bei der Stadt Wien.

Stadt
Wien

Die Arbeit des Autors wurde durch ein Arbeitsstipendium
des Landes Burgenland unterstützt.

Kulturland
Burgenland

Lektorat: Stefanie Jaksch
Umschlag und Satz: Jürgen Schütz
Umschlagbild: © i-stock
Druck und Bindung: Florjančič tisk d.o.o.
Printed in the EU

ISBN: 978-3-99120-033-8
www.septime-verlag.at
www.facebook.com/septimeverlag | www.instagram.com/septimeverlag

Jürgen Bauer

Styx

Roman

Sage mir ja kein verschönerndes Wort für den Tod, mein Odysseus! / Strahlender! Lieber wäre ich Knecht auf den Feldern und fronte / Dort einem anderen Mann ohne Land und mit wenig Vermögen; / Lieber tät' ichs als herrschen bei allen verstorbenen Toten.

(Od. XI, 11,488-91)

Ouvertüre

Stille.
Kein Wort gebe ich von mir.
Soll sie doch sterben da oben.
Der Klang des Orchesters hinter mir.
Es braucht einen Bruch.

Erster Akt

Winter

Ich sitze in meinem Auto und plappere vor mich hin.

Als gäbe es kein Morgen.

Vor mir liegen noch dreißig Minuten auf der Autobahn. Hier das Opernhaus, dort mein ...

... nicht Zuhause.

Immer noch nicht.

Nicht einmal unser Zuhause.

Sein Zuhause.

Ich fahre dreißig Minuten, in denen ich das gesamte Libretto der Oper nachplappere, die heute Abend aufgeführt wurde, alle Rollen, ich kann sie auswendig, habe jede Seelenregung in mir abgespeichert. Ich verstehe meinen Job. Ich habe mich nur entschieden, ihn nicht auszuführen. »Lucia di Lammermoor«, eine Nummer zu groß für unser Opernhaus und zwei Nummern zu groß für die Sängerin, die in der Hauptrolle besetzt war.

Ich singe die Melodien laut mit, denke an vieles. Nur nicht an ihn.

In der Ferne die Bergspitze, an der ich mich immer orientiere. Es ist ein kalter Tag, die Luft unendlich klar, die Heizung funktioniert nicht richtig, es ist das Auto meines Mannes, ich kurble das Fenster nach unten. Wenn schon kalt, dann richtig. Meine Nasenspitze fängt an zu kribbeln, meine Fingerspitzen. Meine

Augen tränen, doch ich lasse das Fenster geöffnet. Ich kann fühlen, wie die Temperatur fällt, hier draußen auf dem Land. In kleinen Schritten von jeweils einem halben Grad. Immer weiter Richtung Gefrierpunkt und dann darunter. Links die Pfingstkirche, vor etlichen Jahren eröffnet, jedes Jahr vergrößert. Immer noch ein Zubau. Der Parkplatz voller Autos, große Karossen. Pfingsten. Geburtstag der Kirche.

Happy Birthday, etwas Neues entsteht.

Meine Hände auf dem Lenkrad, voller Falten, die Fingernägel gelblich, obwohl ich seit Jahren nicht mehr rauche.

Ich bin alt geworden.

Verdammt, wann ist das passiert?

Der Blick auf die Landschaft. Die Furchen in den Feldern. Die Einfamilienhäuser, die sich hier und da ballen, dann wieder in Felder und Industriebrachen auslaufen. Die kurvenreiche Straße, vorbei am letzten Bahnhof der Gegend, durch den Wald, auf den Feldweg, in Richtung der Hütte. Die Temperatur fällt weiter.

Ich plappere und singe die Oper zu Ende. In nur zwanzig Minuten bin ich am Schluss angekommen, nehme eigene Kürzungen vor. Auf der Bühne brauchen wir beinahe drei Stunden. Wegen dieser langen drei Stunden kommt niemand mehr in die Vorstellungen, sagen die Publikumsbefragungen, die jedes Jahr dem ganzen Opernhaus präsentiert werden, viel zu lang für heutige Menschen, dafür hat niemand mehr Geduld. Was soll ich machen, schneller soufflieren?

Ich hatte eine Freundin, die sagte nach jeder Vorstellung das Selbe: Gut, aber eine halbe Stunde zu lang.

»Götterdämmerung«. Fünfeinhalb Stunden. Gut, aber eine halbe Stunde zu lang.

»Die Zauberflöte«. Drei Stunden. Gut, aber eine halbe Stunde zu lang.

»Herzog Blaubarts Burg«. Fünfzig Minuten. Gut, aber eine halbe Stunde zu lang.

Ich habe keinen Kontakt mehr zu ihr.

Ich schalte das Radio ein, bleibe am Rauschen zwischen den Sendern hängen. White Noise. Keine Musik, aber auch keine Stille. Hin und wieder fängt das Radio einen Sender ein, dann dringen Fetzen von Werbejingles an mein Ohr, verzerrte Worte der Moderatoren. Nur Männer. Als plötzlich der Refrain eines alten Songs durch das Auto plärrt, verreiße ich das Lenkrad, doch nach der nächsten Hügelkuppe ist der Empfang wieder weg und das Rauschen kehrt zurück. Nie wieder Musik, denke ich in diesem Moment, ich habe der Musik mein ganzes Leben gegeben, und was habe ich jetzt davon? Ein Moment des Schweigens, ein Moment der Stille, und schon bin ich aus der Bahn geworfen.

Nie wieder Musik.

Das halte ich nicht durch.

Was, wenn ich muss?

Nichtverlängerung.

Die droht mir nun.

Was für ein Wort.

Als stünde die Intendantin am Beatmungsgerät meiner Karriere. Nicht verlängert. Lebensverlängernd? Ein Leben für die Oper, so haben es die Freundinnen immer gesagt, als ich noch welche hatte: Du lebst nur für die Oper. Immer, wenn ich abends keine Zeit hatte, wenn mein Dienst im Souffleurkasten begann, in meinem kleinen Reich. Immer, wenn ich pünktlich um achtzehn Uhr in die Oper aufbrach und alle gemeinsamen Pläne vorzeitig beendete: Es tut mir leid, ihr wisst ja.

Ja, wir wissen, aber kannst du nicht einmal, ausnahmsweise?

Einmal die Sängerinnen und Sänger allein lassen? Nein, das kann ich nicht.

Können die ihren Text nicht auswendig? Was machen die nur ohne dich, die werden doch auch ohne Einsagerin zurechtkommen, ein einziges Mal. Wie meine Kinder. Ich lasse doch meine Kinder auch mal allein, und deine Sänger, die sind doch längst erwachsen.

Und dann das Gelächter der Freundinnen.

Kinder, Sänger, einerlei für sie.

Darum hast du keine Kinder, sagten sie dann immer, deine Kinder stehen auf der Bühne und brauchen dich. Aber zumindest kannst du ihnen sagen, was sie zu tun haben, und sie müssen gehorchen. Müssen dir nachsprechen. Du hast sie in der Hand, das muss atemberaubend sein.

Mein Mann war gut in Freundschaften, er konnte sie hegen und pflegen.

Ich nicht.

Die Nichtverlängerung kommt bestimmt.

Noch eine Woche, bis sie spätestens ausgesprochen werden muss. Bevor der Vertrag sich automatisch um ein Jahr verlängert. Und ausgerechnet jetzt sage ich der dummen Kuh den Satz nicht ein, den sie immer vergisst, in jeder Vorstellung. Ich höre das Orchester hinter mir und sehe die panischen Augen der Sopranistin vor mir. Und bleibe einfach still, sage gar nichts.

Ich weiß nicht, ob ich sie schlimm finde. Die Nichtverlängerung. Ich sollte sie schlimm finden, finde sie schlimm, finde ich sie wirklich schlimm? Wie wird mein Leben danach aussehen?

Was werde ich machen, ohne die Welt, die ich so gut kenne wie sonst nichts?

Zuerst hatte ich nur vergessen, ihr den Satz einzusagen. Ich, die Souffleuse, hatte vergessen, was zu tun war. Und sie hatte mich schreckensstarr angesehen. Dem Vergessen folgte dann die Entscheidung. Die bewusste Entscheidung: Ich lasse dich sterben da oben. Ich sage kein Wort. Die Sängerin auf der Bühne. Ihr Blick, verzweifelt zuerst, dann wütend. Ich habe sie hängen lassen, im wahrsten Sinne des Wortes. Und plötzlich begriff ich etwas, aber dieses Begreifen war wie ein Blitz, dem kein Donner folgt, es hinterließ keine Spur in mir. Ich wartete. Ihr Hänger war phänomenal, komplette Stille aus ihrem Mund, als hätte man die Stimmbänder entfernt. Kein Verlust für die Musikwelt. Sie klingt selbst an guten Abenden wie ein Moskito, den man in einer heißen Nacht erschlagen will, den man aber nicht findet, sobald man das Licht anschaltet. Sie glaubt, gute Töne entstünden durch exzessive Mimik.

Sekunden der Stille.

Gefühlte Stunden.

Ich genoss es.

Ihren Blick.

Als müsse sie nießen und könne nicht.

Noch eine Sekunde, sagte ich mir, und noch eine Sekunde, und noch eine. Und immer war ich kurz davor, das rettende Wort zu sagen, öffnete sanft die Lippen, doch nein. Noch eine Sekunde. Ich weiß nicht, wie lange ich dort saß und einfach nichts sagte, während die Sopranistin auf der Bühne stand und einfach nichts sang. Ich wollte einmal der Grund für das Entsetzen sein, wenn im gewohnten Lauf der Dinge ein Riss entsteht. Eine Generalpause konnte ich nicht erzwingen, nur diese kurze Unterbrechung. Ich wollte die Sopranistin aus ihrem Charakter reißen, aus ihrer Geschichte. Der Zuschauerraum war ja ohnehin leer, nur eine Kamera, die das Schweigen der Sopranistin in die Welt übertrug. Live. Zehntausende Menschen sahen ihr Schweigen, wenn man den offiziellen Zahlen der Intendantin glaubt, was ich normalerweise nicht tue, jetzt aber schon, denn zehntausende Menschen, die mit ausdruckslosen Gesichtern auf ein ebenso ausdrucksloses Gesicht auf ihrem Bildschirm starren, das stelle ich mir witzig vor. Ich lachte, unten in meinem Souffleurkasten, doch ohne einen Laut von mir zu geben. Die Sopranistin auf der Bühne dachte sicher, ich lache sie aus. Dabei hätte sie besser mit mir lachen sollen. Sie sang für einen leeren Zuschauerraum, verschwendete ihre Kraft für ein großes Nichts, das ist doch lachhaft. Und unendlich traurig.

Ich wurde boshaft in meinem Kasten. Formte endlich Worte mit meinem Mund, die nicht in diese Oper gehören. *Knödel. Intrige.* Aber natürlich, das wusste sie, dass das nicht die richtigen Worte waren. Eine Freude, sie schwitzen zu sehen.

War ich ein Arschloch?

Und was für eines, ein ganz besonders großes.

Machte es mir Freude?

Und wie.

Die Panik in den Rehaugen.

Unbezahlbar.

Ich hatte getrunken. Nicht viel, normalerweise trinke ich gar nicht im Dienst, ich trinke nicht einmal außer Dienst, aber mir war danach gewesen. Den Wein meines verstorbenen Mannes, mitgebracht aus Frankreich, ein Mitbringsel seiner letzten Opernfestspiele. Stell dir vor, es ist Oper und niemand sitzt im Zuschauerraum, ist es dann überhaupt Dienstzeit, wenn die Souffleuse sich ein Gläschen genehmigt?

Ich wartete lange, die Sängerin spielte ihren Part stumm weiter, die Bühnenpartner irritiert, aber von faszinierender Professionalität.

Ich saß still im Souffleurkasten, Herrin meines Raumes, nicht auf die Seitenbühne verbannt wie an anderen Opernhäusern, noch nicht, nahm mein Glas zur Hand, leerte mir etwas Wein nach und prostete ihr zu. Sie wird mich umbringen, dachte ich. Und dann sang ich mit. Aber nicht »Lucia di Lammermoor«.

Nicht die Oper, in der sie gerade auftrat.

Ich sang die Schlussarie der »Traviata«, eine alte Erinnerung.

Und sah meine Mutter vor mir, in der Blüte ihrer Karriere.

Die Sopranistin fing sich, fand ihre Worte wieder, auch ohne mein Zutun, die Vorstellung ging zu Ende, die Kamera applaudierte nicht.

Stille, als der Vorhang fiel, nur das Geräusch der Musikerinnen und Musiker, die ihre Instrumente packten, ohne ein Wort zu sagen aus dem Graben flüchteten, die Geräusche der Technik, die hinter dem Vorhang schon mit ihrer Arbeit begann. Kein Publikum, Totenstille.

Die Intendantin laut aus ihrer Direktionsloge: Auf ein Wort.

Doch auf dieses Wort wartete ich nicht, verschwand einfach. Packte die vor mir liegende Fassung der Partitur zusammen, stopfte sie in meine Tasche, obwohl sie eigentlich immer im Opernhaus bleiben muss, schaltete meine kleine Lampe aus und schummelte mich aus dem Souffleurkasten durch den schon leeren Orchestergraben, durch unterirdische Gänge, hinaus aus den Katakomben, am Portier vorbei ins Licht.

»Lucia di Lammermoor«: Eine Oper über eine Frau, die aus Gründen der Politik heiraten soll und in den Wahnsinn getrieben wird. Ich hatte die Sopranistin noch im ersten Akt unterbrochen. In jener Szene, in der Lucia ihrer Betreuerin von einer Vision erzählt, in welcher ihr der Geist einer ermordeten Frau erscheint, umgebracht von ihrem Geliebten, an genau diesem Ort. Dem Sirenenbrunnen. Und in genau diesem Brunnen entsorgt. Wunderbar makaber.

Und noch wunderbarer, wenn die Sopranistin keine Worte findet.

Ich lief durch menschenleere Straßen zu meinem Wagen, sah niemanden, auch keine Polizei, nur erleuchtete Fenster, die Menschen alle drinnen zusammengerottet, die Welt draußen ein furchteinflößender Ort.

***

Endlich komme ich bei der Hütte an. Vor mir die Holzbrücke, die über den kleinen Bach führt, das Tor. Ich steige aus dem Auto, hier ist es um fünf Grad kälter als in der Stadt.

Plötzlich ist da ein Hund.

Steht nur da.

Kein Nachbarshund auf Besuch. Ich habe nur einen Nachbar, und der hat nur eine Rinderzucht. Und Bienen.

Ich lehne mich ins Innere des Autos und hupe.

Der Hund verschwindet nicht.

Ich bewege mich ganz langsam.

Der Hund knurrt, aber es ist ein Knurren aus Angst, das spüre ich sofort. Ich weiß, wie man mit Hunden umgeht, habe keine Angst vor ihnen, auch vor diesem hier nicht. Ich gehe langsam an ihm vorbei, öffne das Tor und beobachte ihn dabei genauer. Ein schwarzes Ding, kniehoch, nicht schmutzig, aber kein Halsband. Haare, die aussehen, als bliebe man mit den Fingern in ihnen stecken, wenn man mit der Hand hindurchfährt. Auch er beobachtet mich, legt sich vor der warmen Motorhaube auf den Boden.

Na gut, du kannst gerne liegenbleiben, mich störst du nicht.

Im Inneren der Hütte ist es genauso kalt wie draußen. Ich kann meinen Atem als kleine Wolke sehen. Diese Kälte kennt man in der Stadt nicht mehr. Ich mache Feuer im Kamin, das kann ich. Knülle alte Theaterprogramme zusammen, lege Holzspäne darüber, kleine Scheite, zünde an. Die Flamme schießt hoch, zögert, verschlingt Papier und Holzspäne dann umso schneller. Ich setze mich vor den Kamin, ziehe meine Beine eng um den Körper und halte meine kalten Fingerspitzen vor die Flammen. Im Schlafzimmer gibt es einen kleinen Elektroofen, doch dessen Strahlen wärmen mich nicht richtig.

Ich versuche, an nichts zu denken.

Konzentriere mich auf das Knistern.

Ruhe, sage ich mir.

Völlige Ruhe.

Scheiße, das klappt nicht.

Ich stehe auf.

Schaue aus dem Fenster.

Der Hund ist noch da.

Steht aufrecht vor dem Auto, den Blick zur Hütte gerichtet.

Zu mir.

Was willst du?

Mein Mann hätte nicht gezögert.

Ich selbst habe keine Angst vor Hunden, aber sie glauben mir meine Autorität nicht, gehorchen mir nicht. Mein Mann hatte keine Skrupel, einen Hund auch einmal zu packen, wenn dieser knurrte, mein Mann war stets bereit, sich seine Stellung zu erkämpfen.

Eine Erinnerung, die aufplatzt und nicht mehr verschwindet.

Ich schiebe den Vorhang zur Seite. Der Hund hat sich vom Auto wegbewegt, liegt jetzt im Schnee vor der Eingangstür, ohne sich zu rühren. Der Erdboden draußen ist kalt, aber ich will den Hund nicht in die Hütte lassen. Ich gehe ins Wohnzimmer, wo mein Mann vor einigen Jahren eine Klappe zum Dachboden installiert hat, schleppe die Leiter aus der Abstellkammer, drücke die Holzdecke an der richtigen Stelle nach oben und schiebe die Abdeckung zur Seite. Ich klettere nicht auf den Dachboden, auf dem sich so viele Erinnerungen stapeln. Ich greife ins Dunkle und weiß immer noch, wo das alte Hundebett steht, damals schnell verstaut, ohne es einzupacken, ohne es noch einmal von den Hundehaaren zu befreien. Ich ziehe am Stoff und es fällt an mir vorbei nach unten, Staub wirbelt auf und der Geruch unseres alten Hundes. Ich verschließe die Dachbodenluke, ziehe das Hundebett ins Vorzimmer, hole eine alte Decke aus der Lade unter der Eckbank, öffne die Eingangstür und trete alles mit einer schnellen Bewegung nach draußen. Ich warte einen Moment, dann spähe ich durch das Fenster, das in die Tür eingelassen ist. Der Hund betrachtet mein Geschenk mit Argwohn. Langsam, den Bauch auf den Boden gedrückt, kriecht er auf das Bett zu, riecht daran, verzieht sich, kommt zurück und riecht erneut, zieht an der Decke und schleift sie einmal durch den Schnee. Dann legt er sich auf das Hundebett, mit seinem Hinterteil zuerst, die Schnauze und die Vorderbeine noch nach oben gereckt, jederzeit bereit zur Flucht. Ich lasse ihn alleine, ziehe den Vorhang wieder zu und setze mich aufs Sofa.

Schalte den Fernseher ein, zur Ablenkung. Doch die ist nicht zu bekommen. Überall Meldungen von Infizierten, Zahlen von Kranken, auf allen Kanälen. Ich schalte den Fernseher aus, hole kaltes Essen aus dem Kühlschrank.

Als ich das nächste Mal nach draußen schaue, liegt der Hund bereits mit seinem ganzen Körper im Hundebett, die Decke um sich gewickelt, den Blick immer noch zur Tür gerichtet. Ich klopfe an die Fensterscheibe, wir sehen einander an. Ich strecke die Zunge heraus, er reagiert nicht. Ich ziehe Grimassen, doch der Hund sieht mich einfach nur an.

Kein Humor, dieses Vieh.

***

Die Nacht ist die Hölle.

Wie immer, seit damals.

Als wäre in mir eine zweite Version meiner selbst, nur in Schwarz. Diese Version kriecht in jede Extremität, streckt ihre Finger von innen in meine Finger, ihre Zehen in meine Zehen, ihren Kopf in meinen Kopf. Das zweite Ich in mir beugt alle Muskeln, zwingt meinen Körper in die Waagrechte. Steh wieder auf, sage ich zu mir selbst, koch dir einen Tee und beruhige dich, doch das zweite Ich in mir lacht und verkrampft Arme und Beine.

Ich breche nicht zusammen, etwas in mir bricht mich zusammen.

Etwas, das zu mir gehört und doch nicht.

Nichtverlängerung.

Beruflicher Tod.

Ohne Beruf keine Fahrten mehr in die Stadt, keine Oper, keine Geschichten. Nur mehr diese Hütte. Die wie ein Lebewesen ist. Versorgt werden will, erhalten, die Zuwendung braucht. Ich weiß nicht, ob ich das alleine schaffe. Oder ob sie unter meinen Händen stirbt.

Mein Mann hatte sie einst geerbt.

Hatte seine Kindheit darin verbracht, Erinnerungen im Überfluss.

Damals, in seiner Heimat, noch an ihrem alten Ort, dem Ort seiner Eltern. Eine schöne Hütte, fast ein Haus, doch nicht zu groß, aus Holz gebaut, auf einen gemauerten Sockel gestellt, mit grünen Fensterläden und einem Kamin, doch viel zu weit weg von der Stadt, in der er inzwischen arbeitete, fast ein ganzer Tag nur für die Fahrt, das dazugehörige Grundstück so nicht zu bewirtschaften, bei den wenigen Besuchen im Jahr, oft nur während der Theaterferien im Sommer. Die Hütte drohte zu verfallen, dort in der Ferne, das Holz wurde trocken und brüchig, die Schindeln hatten ihre beste Zeit hinter sich. Mein Mann fuhr nicht mehr hin, konnte den Anblick nicht ertragen, den langsamen Tod nicht mitansehen.

Mein Auftritt.

Ich besaß ein Grundstück in der Nähe der Stadt, ein kühles Plätzchen, aber nicht mehr als ein Acker, darauf nur Unkraut und der Dung der Kühe, die der Nachbar ohne zu fragen darauf grasen ließ. Das Haus, das vor langer Zeit einmal hier gestanden war, hatten die Vorbesitzer abreißen lassen, man erkannte noch den Grundriss in der Erde, wenn man wusste, wo man schauen musste. Die Gegend war friedlich, zu nah an der Stadt für Urlaub, zu weit weg für hektische Pendler. Eine Figurine aus Ton hatte man hier einmal gefunden. Fünftausend Jahre alt. Aus der Bronzezeit einige Pläne, Besiedlungen aus früheren Zeiten. Und dann lange nichts. Bis die Landwirtschaft begann, das Erscheinungsbild sich veränderte. Der Fund von Steinkohle. Der Bau einer Bergbahn. Kurze Aufmerksamkeit, bis die Gegend wieder vergessen wurde.

Lass uns dem alten Holz neues Leben einhauchen, sagte mein Mann und machte sich an die Arbeit. Er beauftragte eine Firma mit der Übersiedlung. Wir sahen zu, wie die Hütte an ihrem alten Standort Holzbrett für Holzbrett auseinandergenommen wurde, in alle Einzelteile zerlegt, die Eingeweide feinsäuberlich entfernt, eine Operation ohne Skalpell, mit Kran und vielen Handwerkern. Dann sahen wir zu, wie die tote Hütte auf einen Lastwagen verladen wurde, fuhren dem zerlegten Gebäude auf der Autobahn hinterher. Und erlebten verwundert mit, wie aus den Einzelteilen wieder eine Hütte wurde, zusammengebaut aus Leichenteilen. Wir öffneten die Eingangstür, als die Handwerker gegangen waren, die Übersiedlung vollbracht.

Mein Mann weinte.

Warum weinst du?

Das ist das Zimmer, in dem das Bett stehen wird, in dem ich einmal sterben werde.

Ich lachte seine Worte weg.

Die Hütte ist wie Frankenstein, sagte mein Mann.

Wie Frankenstein?

Es ist noch die alte, aber auch nicht mehr.

Du meinst Frankensteins Monster.

Wir müssen etwas tun, sagte er, Leben zurückbringen, Natur.

Mein Mann grub die Rosenstöcke aus, die auf dem alten Grundstück vor der Hütte gestanden hatten. Er kratzte sich die Arme blutig, die Stirn, weil er auf Knien so tief unter die Äste rutschen musste, um die Wurzeln auszugraben. Er arbeitete stundenlang, mit völliger Hingabe. Ich fand ihn attraktiv, wie er sich das Blut aus dem Gesicht wischte, die Wurzelballen der Rosenstöcke feinsäuberlich einpackte, sein weißes Arbeitsshirt schmutzig von der Erde, die Hände aufgekratzt von den Dornen.

Narben, die ich später mit Salbe bestrich.

Mein Mann übersiedelte die Rosenstöcke mit einem Transporter. Pflanzte sie auf ihrem alten Platz vor der Hütte ein. Ließ eine neue Holzbrücke über den kleinen Bach vor dem Grundstück legen. In einem abgetragenen Krankenhaus fand er Steinfliesen, die er vor der Hütte zu einer wunderschönen Terrasse legte, auf Flohmärkten stöberte er Blumentröge auf, die zum Äußeren passten und neu gestrichen vor die Fenster gehängt werden konnten.

Und dann begann er, den Garten anzulegen.

Begann, aus meinem Acker etwas Schönes zu gestalten.

Alles hier gehört ihm, bis heute.

Ich bin hier nur zu Gast.

Auch wenn der Grund einmal von mir gekauft wurde.

Ohne ihn wäre die Erde bis heute noch tot.

Für das Leben sorgte er.

Fand Samen seltener Pflanzen auf Pflanzenflohmärkten, außerdem dünne Stecken, von denen ich nicht dachte, dass sie jemals wachsen würden, nicht mehr als abgerissene Triebe, Setzlinge. Er bearbeitete die Erde, grub Dinge ein, andere aus. Er war überzeugt, der Garten würde nur dadurch zu einem wirklichen Organismus, indem er die Dinge auch benannte. Also schrieb er alles in ein Buch, legte seine eigene Partitur zu allen Lebewesen an. Das hier wird einmal ein Baum, sagte er, das wächst sich zu einer Staude heraus, hier wird ein Busch stehen.

Ich stand vor dem Acker und sah nur Dreck, er aber irgendetwas mehr.

Schön wird es sein, schon im nächsten Frühjahr. Spätestens im übernächsten.

Ich versuchte, seine Freude nachzuvollziehen.

War überrascht von seinem plötzlichen Wunsch, etwas zum Leben zu bringen.

Ich beobachtete ihn. Und das Grundstück.

Den kleinen Bach, der im Frühjahr unter der Brücke hindurchfloss und auch im Sommer nie ganz austrocknete, die Rehe, die gegenüber dem Grundstück im Unterholz des Waldes auszumachen waren.

Allein ein Wort wie Unterholz.

Wäre mir früher nie über die Lippen gekommen.

Ich hatte keinen grünen Daumen, konnte nicht einmal Basilikum züchten, auf dem Fensterbrett meiner Wohnung gegenüber dem Opernhaus, mit Blick auf die Schnellbahnstation.

Mein Mann versuchte mir zu erklären, nach welchen Regeln er den Garten bepflanzte. Von Frühjahr bis Herbst sollte überall etwas Lebendiges zu sehen sein, etwas Buntes. Er vergrub Knollen von Frühblühern, Schneeglöckchen und Krokussen, die sich über das ganze Grundstück vermehren sollten, er setzte Salbei und Lavendel an die trockenen Stellen des Gartens, an denen in der Mittagshitze jede Blume verdursten würde, gestaltete den steilen Hang hinter der Hütte mit Bleiwurz zu einer blauen Herbstwelle, fand Disteln, Waldmeister und Kamille, er verschlang jedes Gartenbuch, hielt sich beim Bepflanzen aber an keine der dort beschriebenen Regeln. Wenn er irgendwo eine Pflanze fand, die ihm gefiel, dann lief er so lange mit dem Topf durch den Garten, bis er einen Platz gefunden hatte, der ihm behagte. Dann stellte er den Topf ab, begutachtete die Stelle von der Terrasse aus, sah nach, von welcher Ecke des Gartens man die Farbe am besten erspähen konnte, und erst dann grub er den Wurzelballen ein.

Meine Regeln besagen eben auch, sagte er dann, dass es keine ewig gültigen Regeln gibt. Ich will etwas Mythisches, etwas Verwunschenes. Etwas, das es nirgends sonst mehr gibt, schon gar nicht in unserer vernünftigen Welt. Etwas Zauberhaftes.

Er las nur Bücher, die den Zauber eines Gartens beschrieben, nicht die Drecksarbeit. Hätte ich Bücher über die Drecksarbeit gelesen, sagte er dann immer, hätte ich das Mammutprojekt doch nie begonnen.

Warum plötzlich dieser Garten?

Weil er das Gegenteil der Oper ist. In die Oper stecke ich mein Herzblut, aber sie ist für die meisten im Zuschauerraum nicht mehr als eine nette Unterhaltung vor dem Abendessen. Etwas, das sie bei der Vorspeise schon wieder vergessen haben. Und selbst wenn Erinnerungen bleiben. Was ist das denn, eine Erinnerung? Eigentlich ein Nichts. Zumindest nichts Greifbares. Es bleibt nichts von dem ganzen Aufwand, all den Proben und Kämpfen. Vielleicht denkt irgendjemand einmal an eine Operninszenierung zurück, die er vor Jahren gesehen hat, aber die Details verschwinden doch, die Emotionen, die viele Arbeit am Ausdruck. Höchstens eine vage, verzerrte, falsche Erinnerung bleibt. Im Garten hat mein Tun eine Wirkung. Er ist etwas Bleibendes. Etwas, das auch nach meinem Tod noch da sein wird. Weiterwachsen. Wuchern. Leben. Etwas, das ich kontrollieren kann.

Gärtnern ist die Anti-Oper.

Der tatsächliche Grund war ein viel banalerer.

Davon bin ich bis heute überzeugt.

Die Regieaufträge ließen nach, seinen Namen kannten immer noch alle in der Opernwelt, er wurde geschätzt und hofiert, aber engagieren wollte ihn kaum mehr jemand. Die wenigen Regieaufträge ergriff er immer mutloser, dann die Einladung zu den Festspielen in Aix-en-Provence, seine letzte Arbeit. Unterrichten, dafür wurde er über Jahre hinweg immer wieder angefragt. Aber unterrichten wollte er auf keinen Fall. Unterrichten ist etwas für die, die es nicht mehr können oder nie konnten.

Im ersten Jahr des neu angelegten Gartens tat sich nicht viel.

Die frisch gepflanzten Lebewesen zogen sich zurück, entwickelten keine Blüten.

Ich war enttäuscht.

Er wartete zu.

Im zweiten Jahr explodierte der Garten.

Wuchs zu einem chaotischen, bunten Gemälde, das schön anzusehen, aber unmöglich zu pflegen war. Mein Mann ließ Kraut und Unkraut wachsen, schlug nur hier und da Schneisen in die Landschaft, damit man von einem Ort zum anderen kam, ohne etwas niedertreten zu müssen.

Ich verstand, dass es auch so etwas wie zu viel Leben geben kann.

Mein Mann wurde den Pflanzen nicht Herr, die er in unbändigem Enthusiasmus gepflanzt hatte.

Er musste sie wieder ausgraben, verschenken.

Doch niemand wollte sie haben.

Wir haben doch nur einen kleinen Balkon, wo sollen wir da eine Staude?

So redeten sie sich raus.

Er grub die Pflanzen wieder ein, konnte sie nicht sterben lassen.

Schnitt sie zurecht, stutzte sie.

Vieles blieb trotzdem Wildwuchs.

Jetzt ist tiefster Winter, alles tot.

Wie soll ich den Garten erst bewirtschaften, wenn im Frühling das Leben zurückkommt? Wie soll ich die Pflanzen bändigen, das Unkraut im Griff behalten, das Erbe meines Mannes bewahren? Ich war immer davon überzeugt, mein Mann würde gemeinsam mit mir alt werden. Mehr habe ich nie gewollt, nie gebraucht. Nur einen anderen Menschen. Es ist nicht meine

Entscheidung gewesen, alleine zurückzubleiben. Diese Entscheidung hat mir seine Krankheit aufgezwungen. Es ist auch nicht meine Entscheidung gewesen, ohne Freundinnen und Freunde zurückzubleiben. Diese Entscheidung haben mir ihre Schwangerschaften aufgezwungen, ihre Kinder, Kleinfamilien, neue Prioritäten. Zuerst die Einladung zum Pflichtbesuch nach der Geburt, dann das Vergessen. Verschwinde aus unserem Leben oder bring selbst so ein Lebewesen auf die Welt, dann gehörst du wieder dazu. Es ist nicht meine Entscheidung gewesen, auch in der Oper alleine zu bleiben. Diese Entscheidung hat mir die neue Zeit aufgezwungen, die mich zum Relikt gemacht hat, zu einer aussterbenden Art.

Oder ist das nur Selbstmitleid, das aus mir spricht?

Mein zweites Ich, das in mich gekrochen ist?

Ich dampfe Verzweiflung aus, und diesem Dampf will niemand nahe sein.

Not stinkt, hat mein Mann immer gesagt.

Und Verzweiflung stinkt wie Verwesung.

Doch Einsamkeit schmerzt.

Einsamkeit tötet.

Reiß dich zusammen, sage ich zu mir selbst.

Ich schleppe mich ins Plattenzimmer meines Mannes, für das er nach der Übersiedlung der Hütte eigens einen Zubau errichten ließ. Tausende Platten stapeln sich hier, vom Boden bis zur Decke, in allen Regalen, sogar am Boden. Und in der Mitte des Raumes der Plattenspieler, den ich zu seinen Lebzeiten nie benutzen durfte, die Nadel hätte, unbedarft abgesetzt, seine kostbaren Aufnahmen zerkratzen können. Immer war er es gewesen, der die Musik aussuchte und die entsprechende Platte auflegte. Ein Griff und er hatte die richtige Aufnahme parat, so einfach finde ich mich hier nicht zurecht. Nach seinem Tod nahm ich ein Telefon zur Hand, um herauszufinden, wie viel für einige seiner seltenen Platten auf dem Markt bezahlt wird. Nicht schlecht. Opernfans bezahlen noch für Musik. Zumindest dann, wenn sie aus einer anderen Zeit stammt.

Ich wollte die Platten nach seinem Tod behalten.

Wollte sie loswerden.

Wollte sie behalten.

Wollte sie wegschmeißen.

Und behielt sie am Ende doch.

Nicht aus Nostalgie. Ich hatte nur im Kopf überschlagen, wie viele der Platten wirklich einen nennenswerten Betrag wert waren. Zu wenige, um sich an die Arbeit des Verkaufens zu machen. Die wahren Schätze stapeln sich bis heute auf einem eigenen Regal. Neben den Platten auch Musikkassetten. Geheime Aufnahmen, mit einem kleinen Gerät mitgeschnitten, während unzähliger Proben und Vorstellungen, manchmal auch von mir, aus dem Souffleurkasten heraus, in schlechter Tonqualität, aber unbezahlbar, als Erinnerung an eine Musik, die nirgends sonst festgehalten wurde.

Auf die Oper kann ich vielleicht verzichten, nicht auf die Musik.

Ich nehme eine Platte zur Hand, keine der selbst mitgeschnittenen Kassetten, die sind mit zu vielen Erinnerungen verknüpft, die nicht aufplatzen sollen.

Es gibt nur eine Platte, die mich immer beruhigt.

»La Traviata« in der Liveaufnahme der Wiener Staatsoper aus dem Jahr 1971. Ileana Cotrubas als Violetta. Kein zu erschlagender Moskito wie meine Sopranistin. Sondern ein Vogel kurz vor dem Weltruhm. Verdis Oper kann ich immer hören. Ich habe sie in unzähligen Produktionen betreut. In Kostümschinken, in denen schwere Stoffe die Sängerinnen und Sänger zu ersticken drohten. In reduzierten Inszenierungen auf leeren Bühnen, die nur mit Nebelschwaden bestückt waren. In Inszenierungen, in denen Vorhänge die Sicht versperrten auf das Leid der Hure. Egal was auf der Bühne passierte, egal wie schlecht die Sängerin der Titelpartie war, die »Traviata« berührte mich immer. Berührt mich noch. Auch wenn ich die Figuren bis heute nicht verstehe, sie mich irritieren, mich reizen. Der Tod, der schon zu Beginn der Ouvertüre auftritt und bis zum Ende nicht von der Bühne weicht. Nicht von der Seite Violettas.

Meine Mutter hat diese Rolle nie gesungen, das ist eine falsche Erinnerung.

Und dennoch.

Nur die »Traviata« wird mir Ruhe bringen.

Und Schlaf.

***

Am nächsten Morgen erwache ich ruhig, mein zweites Ich verschwunden. Ich setze Tee auf, habe Zeit, muss zu keiner Probe.

Ich brate mir ein Ei, frühstücke lange.

Erst dann schaue ich vor die Tür.

Der Hund ist verschwunden, das Hundebett leer.

Der Frühnebel verzieht sich langsam, am Ende des Grundstücks sehe ich den Teich, den mein Mann angelegt hat, als endlich alle Beete bepflanzt waren und er ein neues Projekt brauchte. Blätter treiben im Wasser, an manchen Stellen hat eine dünne Eisschicht sie über Nacht in sich eingeschlossen. Blätter, die der Wind aus dem Waldstück gegenüber unaufhörlich auf die Wasserfläche weht. Die Blätter sinken zu Boden, sobald das Eis schmilzt, sie zersetzen und bringen den Teich zum

Kippen, dann wird das Wasser brackig, dann sterben die Lebewesen, die sich dieses kleine Biotop zur Heimat gemacht haben. Kröten und Frösche, Molche und Schlangen. Ich mag sie nicht, vor allem die Schlangen. Schreckhaft seien sie, hat mein Mann immer gesagt, in der Sekunde verschwunden, sobald man nur einen Fuß in den Teich setzt. Nicht bei mir. Mir rücken sie keine Sekunde von der Seite, wenn ich im Teich schwimme. Mein Mann hat sie geliebt, jedes einzelne Tier.

Ich greife mir den Bademantel von der Garderobe, schlüpfe in meine Hausschuhe, nur schnell das Wichtigste erledigen.

Seine Stimme in meinem Hinterkopf, immer noch.

Ich laufe zum Teich, ignoriere die Kälte.

Bücke mich und versuche, die dünne Eisschicht zu lösen. Ich trage keine Handschuhe. Nur schnell. Meine Hände sind rot, klirrende Kälte kriecht unter die Haut. Ich schlüpfe mit beiden Händen unter die Eisschicht, ziehe feuchte Blätter hervor, es dauert lange, verdammt lange. Immer noch mehr Laub. Das Eis schneidet mir eine Wunde in die Hand, die spüre ich im eiskalten Wasser nicht, nur etwas Blut tropft ins Teichwasser. Ich werfe die schleimigen Blätter auf einen Haufen. Ziehe meine Hände zurück, wärme sie unter dem Bademantel.

Meine Finger erwachen langsam wieder zum Leben, kribbeln unangenehm.

Dann angenehm.

Ich friere.

Sollte zurück nach drinnen.

Doch der Teich ist magisch.

Eine große Rasenfläche etwas abseits der Hütte hatte mein Mann von Beginn an frei gelassen, dort sollte ein Teich hinkommen, groß genug, um darin zu schwimmen. Er besorgte sich einen kleinen Bagger, als es so weit war. Übte, ihn zu benutzen. Wie ein kleines Kind ließ er die Baggerschaufel nach oben und nach unten wandern, bis er sich in der Handhabung des Dings sicher genug fühlte und die Aushubarbeiten am Teich beginnen konnten. Dann organisierte er sich von einem Dachdecker Folie und lernte, diese fachgerecht zu verschweißen. Mit der Hilfe von Arbeitern, die er über eine Zeitungsannonce fand. Gemeinsam wurden sie der dicken, grünen Folie Herr. Legten den Teich damit aus, schlugen Metallstäbe in die Erde, damit nichts verrutschte. Aus Holz baute er, wieder alleine, die Umrandung des Schwimmbereiches, den Steg und die Stufen. Für die Teichpflanzen ließ er sich von einem Gärtner beraten. Setzte hunderte kleine Pflänzchen in das Sediment, karrte mit einem geliehenen Anhänger säckeweise Kieselsteine heran, die er auf dem Boden des Teiches verteilte. Er machte Fehler, besserte aus, fing Arbeiten von vorne an, aber nach einem ganzen Sommer war es geschafft, die Feuerwehr half aus und befüllte den bisher nur fingerhoch nassen Teich endlich bis zum Ufer. Beeindruckt standen die Mitglieder der Freiwilligen Feuerwehr vor der Wasserfläche und trauten sich trotz Aufforderung meines Mannes nicht, im Teich zu schwimmen. Das Wasser wäre ja erst frisch eingefüllt, da könne man auf keinen Fall.

Er wollte sofort hinein, auch wenn die Feuerwehrmänner natürlich recht hatten, das Wasser viel zu kalt, noch keine Chance, sich durch die Sonnenstrahlen zu erwärmen.

Mein Mann nahm Anlauf, ein beherzter Sprung und er war untergetaucht.

Ich hatte Angst vor einem Herzinfarkt.

Doch da tauchte er schon am anderen Ende wieder auf.

Zog sich auf die Holzbretter.

Nasse Haare, plötzlich voller Locken.

Dieser Teich ist das Einzige, was ich je wirklich erschaffen habe, sagte mein Mann oft. Den Garten habe ich bepflanzt, selbstverständlich, aber das Land für den Garten war schon da, die Erde. Den Teich habe ich ganz alleine erschaffen, aus dem Nichts. All das, und hier zeigte er auf die Wasserfläche wie ein Dompteur im Zirkus, all das gäbe es ohne mein Zutun nicht.

Und ohne das der Handwerker, die dir geholfen haben.

Verstehst du nicht, was ich meine? Ich habe diesen Ort erschaffen, verändert, geplant. Und es fühlt sich so an, als würde der Ort nun mich erschaffen, verändern, seine Pläne mit mir machen.

Wenn du ins Wasser springst?

Wenn ich ins Wasser springe.

Mein Mann war nie ein Esoteriker gewesen, das bisschen Teichwasser musste ihn wirklich verändert haben. Ich verdrehte die Augen und mein Mann lachte los, ich wusste bis zuletzt nicht, ob er den Unsinn ernst meinte. Im Frühjahr konnte er es nicht erwarten, bis die Eisschicht endlich von der Oberfläche geschmolzen war, er schwamm bei jeder Temperatur, bestimmte die Nährwerte des Wassers mit seiner kleinen Chemiebox, die er im Fachhandel erworben hatte, in kurzen Hosen und mit seinem Strohhut sah er aus wie ein Junge in einem Kinderbuch, mein eigener kleiner Forscher. Er ließ die Sumpfdotterblumen im Frühjahr wuchern und Blutweiderich und Seerosen im Sommer, im Herbst fotografierte er die Gräser, die den Teich umrandeten, bevor er sie schnitt. Dazu stapfte er über den Teichkies, der sich spitz in seine Fußsohlen bohre, immer wieder strauchelte er, fiel beinahe hin, rettete sich im letzten Moment mit einem beherzten Sprung in den tiefen Schwimmbereich. Büschelweise Schnittgrün und die Gartenschere noch in der Hand schwamm er dann eine Runde, als wäre nichts passiert. Wie jemand, der auf der Straße stolpert und nicht weiß, worüber. Er sah aus wie ein seltsamer Poseidon. Im Winter legte sich eine dicke Schneeschicht auf den zugefrorenen Teich, dann stießen nur die Handläufe der Leiter nach draußen und man konnte die Wasserfläche fast übersehen, als wäre der Teich im Garten versunken, verschwunden.

Auch jetzt liegt der Teich unberührt da.

Unter der Oberfläche kleine grüne Flecken.

Dass es hunderte Pflanzen sind, lässt sich nur erahnen.

Ich atme ein und fische weiter abgestorbene Blätter aus dem Teich.

Bis ich nicht mehr kann, die Hände brennen.

Mein Mann versuchte, den Teich vor herabfallenden Blättern zu schützen, indem er bereits im Herbst Netze über die gesamte Fläche spannte.

Ich habe nur meine Hände.

Plötzlich schreckt mich ein Winseln auf.

Ich fahre herum, verreiße mir den Rücken.

Ein Schmerz sticht durch die Wirbelsäule.

Der Hund ist wieder da.

Er steht am anderen Ende des Teiches, sieht zu mir herüber.

Hält den Kopf schief.

Legt sich auf den kalten Boden, drückt den Bauch in den Schnee, streckt die Vorderpfoten durch und beobachtet mich.

Winselt.

Winselt lauter.

Er will, dass ich ihm folge, so viel verstehe ich.

Verdammtes Vieh, was willst du mir zeigen?

Ich kämpfe mich auf die Beine, ignoriere den Schmerz.

Ich komme ja schon.

Der Hund springt auf, läuft voraus.

In die hintere Ecke des Gartens.

Die verwilderte Ecke, die kein Rasenmäher je zu Gesicht bekommt, keine Heckenschere, kein menschlicher Eingriff. Die wachsen darf, wie auch immer sie will. Die auch jetzt, im Winter, heruntergekommen aussieht, ungepflegt. Der Hund scheint den Weg zu kennen, springt über altes Gehölz, kriecht unter Stauden hindurch.

Ich brauche länger.

Wie sagte meine Mutter immer?

Eine alte Frau ist kein Schnellzug.

Der Hund führt mich unbeirrt.

Immer weiter.

Vor das Grab.

Vor das aufgebuddelte Grab unseres alten Hundes.

Was zur Hölle?

Das kleine Holzkreuz ist zerkaut, die Erde aufgewühlt.

Vor mir nur ein Loch, umrandet von Schnee, etwas ausgegrabener Erde. An dieser Stelle des Gartens feuchter, geschützt durch Bäume und Hecken, weicher, sonst wäre es unmöglich gewesen, die harte Wintererde aufzugraben. Ich habe Angst, näherzukommen.

Wie schnell verwest ein Tier?

Schnell genug.

Ein Winseln, ich zucke zusammen.

Scheiße, sei nicht so schreckhaft, es ist nur der Hund.

Und nicht der tote, du alte Spinnerin.

Das blöde Vieh hat das Grab aufgebuddelt, hat wer weiß was heraufgeholt, gefressen, zerstückelt. Hat ein Loch hinterlassen, das er mir nun wie eine Trophäe präsentiert. Stolz steht er da, wedelt mit dem Schwanz, hechelt.

Ich starre auf das Loch im Boden, kann es nicht offenlassen.

Ich stapfe, immer noch in Hausschuhen, zur Hütte, greife nach den Rosenhandschuhen, die bis zu den Ellbogen Schutz bieten, nehme den Spaten und kämpfe mich durch die Kälte zurück in Richtung des Grabes. Es kostet mich Überwindung. Lange stehe ich da, mein ganzes Körpergewicht auf den Spaten gelehnt. Der Boden ist fester und härter als gedacht. Es muss Kraft gekostet haben, das Loch zu buddeln. Der Hund bleibt in einiger Entfernung und beobachtet mich. Selbstbewusst. Nicht so wie Hunde sind, wenn sie wissen, dass sie etwas falsch gemacht haben. Nicht so wie unser alter Hund, wenn er ein Kissen zerkaut oder in die Ecke gemacht hatte, weil wir zu lange fortgeblieben waren, und nun treuherzig schaute. Der neue Hund blickt mich stolz an, mit erhobener Schnauze. Ich hebe den Spaten und drohe in seine Richtung, doch davon lässt er sich nicht abschrecken. Ich nähere mich dem Grab und sehe hinein. Nichts. Er scheint nur wenige Zentimeter tief gekommen zu sein, ich entdecke keine Knochen, keinen verrotteten Leichnam.

Ich stoße den Spaten in die harte Erde.

Ein Krachen, Metall auf Eis.

Endlich läuft der Hund davon.

Ich schiebe die mühsam aufgegrabene Erde ins Loch.

Du musst wirklich eine verdammte Kraft haben, sage ich und blicke dem Hund in die Augen, der sich unter die Büsche verzogen hat.

Schnee und Eisbrocken schaufle ich ins Loch, Wurzelwerk und Steine. Dann klopfe ich alles mit dem Spaten fest, stecke das zerkaute Holzkreuz zurück.

Blicke über den Grund.

Das Grab unseres Hundes ist nicht das einzige in diesem Garten.

Büsche ohne Blätter ranken ihre Äste herum, das Blumenbeet davor mit Reisig abgedeckt, mit etwas Schnee verdeckt. Das Grab ist da und doch nicht da. Ich fühle mich schuldig, weil ich es nicht besser pflege. Schuldig, weil ich damals um diesen Standort gekämpft habe, ohne ihn danach zu schätzen. Es war keine Frage, dass ich meinen Mann hier beisetzen würde.

Eingeschlossen in einen dunklen Stein, eigens gefertigt, nur mit seinem Namen graviert, den Jahreszahlen, nicht mehr, direkt am Rande des Teichs gelegen, die Urne im Stein begraben, alles angelegt mit Hilfe der Techniker des Opernhauses und einem Bestattungsunternehmen, das nicht sofort den Kopf schüttelte. Es kostete mich Zeit und beinahe meinen Verstand, bis ich endlich alle Bescheide für eine Erlaubnis beisammenhatte. Die Bürokratie war erdrückend, aber ich schaffte es, die Urne mit nach Hause nehmen zu dürfen, in seinen Garten, sein Lebenswerk. Ich wollte ihn nicht hier bei mir haben, nicht wirklich, aber da war eine unumstößliche Gewissheit in mir, es zu müssen.

Er liebte das Wasser, sollte in seiner Nähe bleiben.

Ich ließ also eine Stelle für die Urne errichten, direkt neben dem Teich.

Plötzlich taucht der Hund neben mir auf, stupst mich mit der Schnauze an.

Ich zucke zurück.

Sein Ohr blutet, das erkenne ich erst jetzt, er muss in einen Kampf verwickelt gewesen sein. Oder in den Brombeerhecken hängengeblieben, den Dornen. Hast du dich vielleicht sogar beim Graben verletzt?

Ich bin wütend auf ihn.

Doch was soll ich machen, es ist ein Hund, ein schmutziger, räudiger Hund.

Ich stapfe zurück zur Hütte.

Deute ihm, mir zu folgen.

Er versteht sofort.

In der hintersten Ecke des Apothekerkastens stehen noch die Tinkturen unseres alten Hundes. Ich schraube eine der Flaschen auf, träufle etwas Flüssigkeit auf einen Stofffetzen, halte meine ausgestreckte Hand nach vorne. Der Hund schnüffelt, winselt. Ich bewege mich nicht. Er robbt näher, legt seinen Kopf in meinen Schoß. Hält still, zuckt nicht, auch nicht, als ich die Tinktur in seine Wunde reibe.

Ich verarzte ihn, dann rufe ich die Feuerwehr.

Sollen die sich doch um das Vieh kümmern.

Wir sind nicht für entlaufene Hunde zuständig, bekomme ich als Antwort.

Und was soll ich jetzt machen?

Rufen Sie das Tierheim an. Oder hängen Sie Zettel an Bäume. So macht man das doch, wenn das eigene Tier verschwunden ist, vielleicht klappt das auch in die Gegenrichtung?

Zettel an Bäume hängen.

Das werde ich morgen machen, aber zuvor wärmen wir uns auf.

Ich will nicht, dass der Hund in die Hütte kommt, so gut kennen wir einander noch nicht, aber ich möchte ihn bei der Kälte auch nicht vor die Tür setzen. Also richte ich ihm sein Bett im Vorzimmer und verschließe die Tür zum Wohnzimmer hinter mir. Ich kann ihn draußen hören, lange sucht er seinen Platz, kann sichtlich keine Ruhe finden.

So vergeht der Tag. Ich koche, höre Musik, putze die Hütte und versuche dabei, die Geräusche des Hundes vor der Tür zu ignorieren. Ich gehe zu Bett. Als alles still ist, höre ich ihn immer noch kratzen und winseln.

Irgendwann schläft einer von uns beiden zuerst ein, keine Ahnung, wer.

Am nächsten Tag muss ich ihn zur Seite schieben, als ich die Tür öffne, so dicht liegt er davor.

Dann fahre ich jetzt also in die Oper, sage ich zu ihm, es führt ja kein Weg an dem Gespräch mit der Intendantin vorbei.

Er sieht mich fragend an.

Du bleibst inzwischen hier, um dich kümmern wir uns später.

***

Ich muss einen Test machen, bevor ich in die Oper gelassen werde. Der Portier wurde geschult und steckt mir fachgerecht ein Stäbchen in die Nase, es tut trotzdem weh. Danach setze ich meine Maske wieder auf, unterdrücke den Niesreiz, trage mich in eine Liste ein und warte. Fünfzehn Minuten muss ich zuwarten, auf einem Stuhl im zugigen Eingangsbereich, vor dem Schwarzen Brett, auf dem früher die Bilder der neuen Ensemblemitglieder hingen. Fünf Stühle, in ausreichendem Abstand zueinander aufgestellt, ich bin die Einzige, die hier sitzt. Ich versuche, dem Portier zuzuzwinkern, etwas Kontakt herzustellen, doch er hat den Blick auf das Fernsehgerät in der Ecke gerichtet, eine amerikanische Serie. Der Hals schnürt sich mir zu, wenn ich diesen Ort jetzt sehe, der einmal für Leben stand und der nun so reglos darniederliegt. Ich richte meinen Blick zur Decke und versuche, nicht an die Aufführungen zu denken, die hier einmal stattgefunden haben. Während der fünfzehn Minuten kommt kein Mensch an mir vorbei.

Keine einzige Menschenseele.

Dabei war die Portiersloge immer der lebendigste Ort dieses Opernhauses. Sängerinnen und Sänger, die begrüßt wurden,

Kostümwägen, die zwischengelagert werden mussten, Autogrammjäger nach den Vorstellungen. Der Portier ein Zerberus.

Jetzt Friedhofsruhe.

Wo sind die Menschen, die in die Oper müssen?

Für die mühsam organisierten Vorstellungen, die nur im Netz zu sehen sind?

Wir haben lange weitergemacht, weitergespielt, als beträfen uns die Nachrichten der Krankheit da draußen nicht, als würden wir immer weiterspielen, unabhängig von allen Umständen. Systemerhaltend. Bis wir die Ersten waren, die geschlossen wurden.

Ein Vormittag auf der Probebühne, Masken im Gesicht.

Die neue Intendantin verkündete die Nachricht.

Erst wenige Wochen im Amt, und dann sowas.

Wir saßen weit voneinander entfernt, konnten nur mit den Augen kommunizieren. Eine letzte Generalprobe sollte es noch geben, schon ohne Publikum. Die Generalprobe für eine Premiere, die nie stattfinden würde. Die Mitarbeiterinnen und Mitarbeiter im ganzen Zuschauerraum verteilt. Eine Handvoll Menschen für tausend Sitzplätze.

Eine wirkliche Probe aufs Exempel.

Für ein Theater der Zukunft, in abgeschlossenen Räumen, vor isolierten Menschen, eine Ausnahmeerscheinung.

Die letzten Überlebenden.

Die Letzten, die sich noch für menschliche Äußerungen interessieren.

Das Theater und die Welt beherbergen die letzten Überlebenden, aber nichts ist mehr so, wie es früher einmal war, nichts wird je mehr so sein, wie ich es geliebt und gekannt habe.

Aufzeichnungen für elektronische Bauteile, in irgendwelchen Geräten.

Eine Opernaufführung als Seance: Ist jemand da?

Das Kommen der Heiligen Geister.

Keine Körper, nur virtuelle Besucher.

Der Portier klopft von innen gegen die Scheibe, nickt mir zu, deutet auf den negativen Test, drückt auf den Schalter und öffnet die Schleuse.

Erneutes Warten im Vorzimmer der Intendantin.

Keine Assistentin, das Zimmer genauso leer wie alle Gänge davor.

In Windeseile wurden Möglichkeiten geschaffen, von zuhause zu arbeiten. Nur die notwendigsten Termine finden im Opernhaus statt.

Ich bin ein notwendigster Termin.

Die Intendantin muss wohl alleine in ihrem Büro sitzen.

Eine Kapitänin ohne Mannschaft.

Ihre erste Stelle an der Spitze eines Opernhauses.

Sie kommt aus Hamburg. Vorfahren aus Marokko, Portugal, Ungarn. Ging nach dem Regiestudium in die Vereinigten Staaten und galt dort bald als Vertreterin eines europäischen Regietheaters, für das die konservativen Opernverehrer der Staaten nur Verachtung überhatten. In Europa hingegen eilte ihr der Ruf einer Erneuerin voraus, befeuert durch die schockierten amerikanischen Kritiken. Ihre Inszenierungen hatte niemand tatsächlich gesehen. »Die Entführung aus dem Serail« war dann ihre erste Arbeit in Europa, an einem kleinen Opernhaus in der Provinz, doch sie machte sofort Furore. Alle Rollen umgedreht. Die Männerrollen von Frauen gespielt und gesungen, die Frauen von Männern, die Türken von den weißesten Sängern, die Europäer von einem türkischen Ensemble, begleitet von türkischen Musikern auf ihren Instrumenten. Eine Kakophonie, die Musik zerrissen, von einer jungen Komponistin aus Usbekistan neu arrangiert, den veränderten Stimmen angepasst, ein hoch erwünschter Skandal.

Ihr Durchbruch.

Und keine schlechte Arbeit, muss ich zugeben.

Dasselbe Werk, zur Eröffnung ihrer ersten Intendanz noch einmal angesetzt, die Proben schon im Gange, dann die Pandemie.

Die Proben liefen weiter, unter Sicherheitsvorkehrungen.

Die erhoffte Premiere immer unwahrscheinlicher.

Dieses Mal jedoch nicht von ihr selbst inszeniert, sondern von einem Regisseur, den ich am ersten Probentag erst kennenlernte.

Sie lässt mich im Vorzimmer warten, eine gefühlte Ewigkeit, dabei ist sonst niemand hier.

Ich bin ihr einziger notwendigster Termin.

Endlich öffnet sich die Tür, ich sehe niemand, der die Klinke gedrückt hätte. Ich rücke die Maske zurecht und trete ein.

Man nennt Sie Madame Partitur, hat man mir berichtet, ruft die Intendantin sofort zur Begrüßung, wie drollig! Ein Haarschopf so wild wie ihre Ideen ragt hinter ihrem Computerbildschirm empor, sie hat sich nicht erhoben, um mich anzusehen. Gibt es noch Frisiersalons, die Dauerwelle anbieten, denke ich, ist das in ihrer Generation wieder modern?

Sie können mich bei meinem Namen nennen, sage ich.

Sie reden Unsinn, entgegnet sie, ich werde Sie natürlich Madame Partitur nennen, wie alle anderen auch. Ich bin ja nun Teil der Familie, wenn Sie so wollen, wenn auch neu hinzugekommen. Die Intendantin rollt auf ihrem Bürostuhl zur Seite, ich kann ihr Lächeln sehen, was mich erschreckt. Sie können die

Maske auch abnehmen, sagt sie, ich bin ebenso frisch getestet wie Sie. Die Intendantin ist ein raumfüllendes Wesen, sie strahlt eine Unbeschwertheit aus, die einen beinahe überrumpelt, man könnte sie sich auch gut auf einem Fischmarkt vorstellen. Sie trägt ein Kleid, das wie ein Kostüm einer Operninszenierung aussieht, alles etwas zu groß, zu bunt, zu aufdringlich, doch sie trägt es mit einer Selbstverständlichkeit, die mich beeindruckt. Kommen wir zur Sache, sagt sie. Unsere Sopranistin hat sich über Sie beschwert, hat sogar das Wort Mobbing benutzt. Sie hätten sie bewusst hängen gelassen. Warum?

Ich verziehe das Gesicht, verstehe nicht.

Nun, Sie werden ja einen Grund dafür gehabt haben, Ihren Job nicht zu machen, oder sehe ich da etwas falsch?

Ich antworte nicht. Auch auf die Nachfragen der Intendantin hin sage ich nichts.

Die Intendantin reagiert verwundert auf mein Schweigen: Sie sind eine Souffleuse, die eine Souffleuse braucht?

Aus dem Vorzimmer hört man keine Geräusche, das Opernhaus klingt tot. In einem Opernhaus ist es eigentlich nie still. Kulissen werden angeliefert, Sängerinnen und Sänger stolzieren über den Gang, Probenarbeit macht sich bemerkbar, Vorstellungen werden eingeläutet, das Orchester eingerufen. Doch all dieses Leben ist aus der Luft gesaugt, im Büro der Intendantin sitzend höre ich: gar nichts.

Madame Partitur, sagt sie, Sie hatten selbige doch vor sich, habe ich recht?

Ich nicke, wie ein artiges Schulkind.

Und ist es nicht Ihr Job, die Wörter immer parat zu haben?

Im Moment fehlen sie mir auch.

Sind Sie nicht zufrieden an unserem Haus?, fragt die Intendantin.

Die Gerüchteküche besagt, finde ich meine Stimme wieder, dass ich nächste Saison keine Premiere mehr betreuen soll, nur das Repertoire. Stimmt das?

Himmelherrgott, Sie sind ja direkt, wie erfrischend.

Stimmen die Gerüchte?

Wenn Sie es so sehen, dann stimmen die Gerüchte natürlich, sagt die Intendantin. Aber Sie müssen es anders sehen.

Wie anders soll ich es denn sehen?

Anders eben.

Geht das vielleicht etwas genauer?

Nein.

Nein?

Die Oper lebt nicht vom Genauen, sondern vom Undefinierbaren.

Der Hölle Rache kocht in meinem Herzen, Tod und Verzweiflung flammen um mich her. Ich nehme einen Schluck des Kaffees, der von einer internationalen Kaffeerösterei bereitgestellt wird, als Gegenleistung kommt der Schriftzug der Firma in einer Inszenierung pro Spielzeit vor. Geschmackvoll im Bühnenbild, wie es in der Anweisung der Sponsoring-Abteilung heißt.

Sie zittern, stellt die Intendantin das Offensichtliche fest. Ist Ihnen nicht wohl?

K-a-f-f-e-e, trink nicht so viel Kaffee!, beginne ich zu singen. Nicht für Kinder ist der Türkentrank, schwächt die Nerven, macht dich blass und krank. Sei doch kein Muselmann, der ihn nicht lassen kann!

Die Intendantin schluckt theatralisch. Sie verstehen, warum wir Sie von der Neuproduktion der »Entführung aus dem Serail« abziehen mussten?

Ich bitte Sie, das ist eine Türkenoper. Da passt doch das Kaffeelied von Hering.

Ich halte nichts von Hering.

Obwohl Sie Hamburgerin sind?

Das ist nicht lustig, Madame Partitur, das ist verletzend.

Es ist lustig und verletzend, sage ich, Ihre Intendanz scheitert, weil Sie das nicht anerkennen.

Weil ich was nicht anerkenne? Ihre Vorliebe für politisch inkorrektes Liedgut des neunzehnten Jahrhunderts?

Dass Dinge beides sein können, tragisch und lustig.

Ihr Problem mit der »Entführung aus dem Serail« also.

Das Konzept Ihres Regisseurs ist schön, sage ich. Aber er versteht nicht, dass auch Humor in dem Werk steckt.

Das Problem ist verzwickter, sagt die Intendantin. Das Werk ist nicht einfach, ich kenne es gut. Wir beide, sagt sie und schließt mich mit einer Bewegung der Arme ein, als wären wir ein Team, wir beide wollen wohl keinen Dönerwagen auf der Bühne sehen, das wäre zu platt, finden Sie nicht? Aber wir müssen uns fragen: Was ist der Türke heute? Das frage ich Sie, sagt sie und zeigt mit dem Finger auf mich wie eine Hexe in einer Kinderaufführung. Was ist ein Serail heute?

Das habe ich Ihren Regisseur auch gefragt, sage ich, er hatte keine Antwort.

Er sucht noch, sagt sie, er ist ein großer Suchender, dafür ist er berühmt.

Na hoffentlich findet er bald, sage ich. Wobei, so wie es im Moment aussieht, wird die Premiere ohnehin nie stattfinden, und mich wird sie auch nicht mehr betreffen. Und das Publikum sowieso nicht. Oder nur das Fernsehpublikum, habe ich recht?

Die Intendantin greift zur Fernbedienung und schaltet den Fernseher ein, der in einer Ecke des Büros hängt, über meinem Kopf. Ich drehe mich um, mein Rücken schmerzt noch. Die

Bilder zeigen die leere Bühne, auf der einige Bühnenarbeiter Kulissen zurechtschieben, ich erkenne ihre Gesichter unter den Masken nicht, ebenso wenig die der Sängerinnen und Sänger, die, großen Abstand einhaltend, auf der Hinterbühne auf das Virus getestet werden. Die Intendantin beobachtet die Bühne wie ein Kunstwerk von Caravaggio, mit Faszination und Abscheu.

Es geht darum, sagt sie schließlich, als hätte sie durch die Fernsehbilder etwas verstanden, das tote Werk zum Leben zu erwecken. Was sind denn Noten? Nichts als Flecken auf einem Blatt Papier. Überbleibsel von Gedanken. Was wir hier tun, das ist das Heiligste. Leben in etwas Lebloses hauchen. Dafür können wir uns nicht an dem orientieren, was früher gegolten hat. Wir müssen auf das schauen, was uns heute berührt, was wir kommenden Zuseherinnen und Zusehern hinterlassen möchten.

Wir haben doch keine Zuseherinnen mehr, sage ich. Und Zuseher schon gar nicht.

Das Fehlen eines männlichen Opernpublikums können Sie mir nun wirklich nicht zum Vorwurf machen, schnauft sie. Ich habe alles probiert, Kooperationen mit Fußballclubs, ich habe kein Klischee ausgelassen, doch die Männer bleiben eine problematische Zielgruppe. Außerdem, sagt sie nach einer Sekunde des Zögerns, in der sie den Fernseher anstarrt, haben wir doch in der jetzigen Situation mehr Publikum denn je.

Wir haben Rechner, entgegne ich, die Videokameras beim Filmen zusehen. Wir haben Maschinen, die Inszenierungen in Pixel zerlegen, Musik in ein lebloses Rauschen. Oper soll tote Werke zum Leben erwecken? Wir begraben diese neuen Lebewesen gleich wieder im Digitalen.

Die Intendantin drückt einen Knopf der Fernbedienung,

der Fernseher springt auf einen anderen Kanal, auf dem die Ausstrahlung unserer letzten Premiere in Dauerschleife läuft, ohne Ton. Eine Opernaufführung ohne Ton, es kommt der Intendantin nicht eigenartig vor. Sie konnte die Fernsehübertragung als großen Sieg verkünden, obwohl sie noch der letzten Premiere ihres Vorgängers galt, als Lebenszeichen der Oper in pandemischen Zeiten. Die Presse feierte sie dafür, der Coup sicherte ihre Vertragsverlängerung, bereits wenige Woche nach ihrer Bestellung.

Seien Sie doch nicht so altmodisch, sagt die Intendantin, seien Sie modern, Madame Partitur. Wir erreichen mit unseren Übertragungen neue Schichten, neue Länder. Auch durch unser Streaming-Angebot. Hier eröffnet sich uns auch eine Möglichkeit, vergessen Sie das nicht. Werden Sie nicht alt im Kopf, das rate ich Ihnen.

Wenn sie jetzt noch »Wer rastet, der rostet« sagt, dann schreie ich.

Wer rastet, der rostet.

Ich schreie nicht, es hätte auch gar keinen Sinn. Stattdessen sage ich: Ich lasse es nicht zu, dass ich in eine Schublade gesteckt werde. Das Ausspielen von neu gegen alt mache ich nicht mit. Ich habe die Ausstattungsorgien der siebziger Jahre betreut, den Kitsch der achtziger und die Dekonstruktionen der neunziger Jahre, alles mit Vernunft und Liebe zu den Künstlerinnen und Künstlern. Was ich nicht mitmache, ist die Verstümmelung, die gerade geschieht, das Kleinkürzen der Werke.

Daran lässt sich nichts ändern, sagt die Intendantin und schaltet den Fernseher wieder aus. Wir spielen seit der Pandemie vor virtuellem Publikum. Ich kann nicht hunderte Menschen gemeinsam auf die Bühne stellen, und schon gar nicht hunderte Orchestermusiker in den Graben, bedenken Sie die Gefahr. Das wäre verantwortungslos. Gemeingefährlich. Ich wäre meine Position schneller los, als ich sie bekommen habe.

Das wäre in der Tat sehr schnell, sage ich.

Werden Sie nicht bitter, sagt die Intendantin. Nur weil Ihr Mann sich so oft erfolglos um diese Intendanz beworben hat. Wir müssen uns jetzt auf das Wesentliche konzentrieren, auf den Kern der Werke. Den müssen wir herausoperieren, wie gute Chirurginnen. Was Sie Verstümmelung nennen, das ist in Wahrheit ein Überlebensmechanismus.

Für mich macht jede Note den Kern des Werks aus, entgegne ich.

Sie sind zu langsam, Madame Partitur. Vielleicht machen Sie Ihren Job zu lange. Vielleicht sind Sie zu sehr dem alten System verhaftet.

Ich habe immer an diesem Opernhaus gearbeitet. Daran ist meine Mutter schuld. Sie war Opernsängerin, sang die schweren Rollen, obwohl ihr Herz der leichten Muse gehörte. Strauss und Wagner, obwohl sie die Operette liebte. Zuhause hörte ich ihr zu, wenn sie ihre Rollen übte. Dazu stand sie am Wohnzimmerfester und ich saß auf einem Kissen in der Ecke.

Sie sang und sah nach draußen.

Auf den Acker hinter unserem Haus.

Wir lebten nicht in der Stadt, meine Mutter hatte ein wunderschönes Haus mitten ins Niemandsland bauen lassen, sie wollte die Weite des Blicks. Sie brachte mich schon früh zur Oper, zuerst als Ballettelevin, später dann als Tänzerin. Ich sah sie oft auf der Bühne, schon als kleines Kind. Den ersten Besuch werde ich nie vergessen, mit meinem Vater in einer Loge. Ich war beeindruckt, liebte den roten Samt, die Türen, die hinter uns verschlossen wurden, sobald die Aufführung begann. Ich war beeindruckt vom Licht der Bühne, von den unzähligen Musikerinnen und Musikern im Orchestergraben, der direkt unter mir lag. Ich hatte nicht geahnt, dass so viele Menschen notwendig waren, um die Musik zu erzeugen, die sonst aus unserem Plattenspieler kam. Ich beobachtete meine Mutter, die ganz anders aussah als zuhause. Größer, schöner. Die Aufführung dauerte Stunden, »Tristan und Isolde«, nicht gerade das, womit man einem kleinen Mädchen den Eintritt in die Welt der Oper normalerweise ermöglicht, aber ich langweilte mich keine Sekunde. In den Pausen tranken mein Vater und ich Sekt, ich durfte von der prickelnden Flüssigkeit kosten, mein Vater aß ein Lachsbrötchen und ich durfte einen ganzen Punschkrapfen essen, meine Mutter verbat Süßigkeiten sonst strikt.

Doch dann kam das Ende.

Die Musik wie Sauerstoff in meinem Kopf.

Meine Mutter starb.

Ich begriff nicht gleich.

Meine Mutter tot.

Ich begann zu weinen.

Zuerst leise, dann immer lauter, nicht zu bändigen.

Ich schrie nach meiner Mutter.

Musste aus der Loge getragen werden, von meinem Vater, dem zwei Männer halfen, das strampelnde Mädchen durch die Tür zu bekommen. Die anderen Zuseherinnen und Zuseher blickten konsterniert in unsere Richtung, ich war nicht zu beruhigen. Schrie im Foyer weiter, Rotz lief aus meiner Nase. Mein Vater drückte mir die Hand auf den Mund. Brachte mich hinter die Bühne, wo meine Mutter höchst lebendig auf mich wartete. Aus den Kulissen kam sie auf mich zu, umarmte mich, lief dann wieder auf die Bühne, zurück ins Scheinwerferlicht.

Ich sah zu, wie sie sich verbeugte. Sie war gestorben und wieder zum Leben erwacht. Sie war im Dunkel versunken und stand nun im Scheinwerferlicht, bekam Applaus. Meine Tränen liefen noch, doch ich betrachtete die Szene atemlos, mit offenem Mund.

Ein Wunder.

Dieses Wunder wollte ich wieder und wieder erleben.

Ging mit meinem Vater in die Oper, Abend für Abend.

In schwere Opern, lange Aufführungen.

Der Moment des Sterbens brannte sich mir als etwas Lustvolles ein, das Gefühl der warmen Brust meiner Mutter, wenn sie mich am Ende der Aufführung in ihrer Garderobe in den Arm nahm. Ich konnte nicht genug davon bekommen, meine Mutter auf der Bühne sterben zu sehen. Opern, in denen sie überlebte, machten mir keinen Spaß, sie raubten mir den Genuss, ihre Wiederauferstehung mitzuerleben. Den Opernkomponisten sei Dank starb sie aber in beinahe jedem Werk. Kaum einer der Komponisten hatte es sich entgehen lassen, die weibliche Hauptfigur in Schönheit krepieren zu lassen. Ich lernte: Nur eine tote Frau ist eine gute Opernfrau.

Jahrelang saugte ich die Sterbeszenen in mich auf.

Als Probe.

Für die Premiere im echten Leben.

Als meine Mutter wirklich starb, wartete ich vergeblich darauf, dass sie wieder aufstand und weitersang.

Ich wollte nicht begreifen, dass sie sich nicht vor dem Publikum bei ihrer eigenen Beerdigung verbeugte. Natürlich wusste ich, dass das nicht passieren würde, ich war vierzehn Jahre alt und nicht dumm. Doch Wissen und Verstehen sind zwei sehr unterschiedliche Dinge. Ihr Tod war auch nicht so schön gewesen wie jener in der Oper, bei dem sie einfach nur hinsank. Sie war lange krank gewesen, monatelang bettlägerig. Ich hatte mich um sie gekümmert, mein Vater keine große Hilfe, weil er Angst und auch etwas Ekel beim Anblick des kranken Körpers empfand. Ich hatte Watte nass gemacht und damit die Lippen meiner Mutter befeuchtet, aus denen früher so schöne Töne gekommen waren. Ich bettete sie um, damit sie sich nicht wund lang. Ich überwand meine Abscheu vor ihren Körperflüssigkeiten. Mein Vater spielte ihr alle Lieblingsopern vor. Auf dem Plattenspieler und am Klavier, an das er sich selbst setzte. Das beruhigte ihn mehr als sie, meiner Mutter sah man den Schmerz an, all die Partien hören zu müssen, die sie nicht wieder singen würde, die Aufnahmen anderer Sängerinnen, die noch berühmter waren als sie, doch sie hielt still.

Das Begräbnis war ein Volksfest, die ganze Stadt kam, um sich von ihr zu verabschieden, doch ich erinnere mich kaum mehr daran. Ich lief dem Sarg hinterher, bis er in der Erde versenkt wurde. Ohne letzte Verbeugung, meine Mutter kein weiblicher Komtur, der von den Toten zu mir sprach.

Nur Stille.

An das Jahr danach erinnere ich mich nicht mehr. Nach der Beerdigung war ich zusammengebrochen, verbrachte Wochen nur in meinem Bett und aß nichts mehr. Mein Vater ließ mich in ein Krankenhaus einliefern. Dort verbrachte ich einige Monate. Die Medikamente, die man mir verabreichte, sollten mir helfen, aber ich fühlte mich durch sie nur noch verrückter.

Ich hatte das Gefühl, meine Trauer nicht fühlen zu dürfen.

Erst als ich die Medikamente absetzte, ging es mir besser.

Als ich endlich die Stimme meiner Mutter wieder hörte.

Sie erschien mir in meinen Träumen.

Und manchmal in Tagträumen, die ich fabrizierte.

Sie sprach mit mir, gab mir Führung.

Meine Mutter verschwand erst, als ich meinen Mann kennenlernte, als füllte er eine Leerstelle, in die zuvor ihre Phantasien gekrochen waren.

Mein Vater blieb nach dem Tod meiner Mutter im Haus zurück, das sie gekauft hatte. Er bewahrte alles von ihr, tapezierte die Wände mit ihren Fotos und mit Besetzungszetteln, auf denen ihr Name stand. So ist es, als wäre sie immer noch hier, sagte er. Mein Vater blieb in ihrer Gegenwart, verließ das Haus nicht mehr, seine Haut wurde durchsichtig und blass.

Gemeinsam hörten wir ihre alten Aufnahmen.

Und dann ließ ich ihn alleine zurück.

Mit dem Erbe meiner Mutter kaufte ich mir eine kleine Wohnung gegenüber der Oper. Und zusätzlich ein Grundstück auf dem Land. Ich wollte etwas Eigenes haben, etwas weit weg von der Welt der Oper. Ich wollte es machen wie meine Mutter, ihrem Vorbild nacheifern. Ein Refugium schaffen, im Abseits. Doch ich kam nicht los, ließ das Grundstück verwahrlosen, eine schlechte Erinnerung an meine Mutter, eine noch schlechtere Investition. Ich betrat das Grundstück nie, verschanzte mich in der Wohnung, in Sichtweite der Oper, entkam ihrem Einfluss nicht.

In den Jahren danach erlitt ich Verletzungen am Herzen und an den Füßen, beide heilten nicht mehr so schnell. Das Tanzen lag hinter mir, ich wollte choreographieren, doch dafür fehlte mir der Einfallsreichtum. So wurde ich Regieassistentin, mit nicht einmal fünfunddreißig Jahren, und schließlich, als es mir zuwider wurde, den männlichen Despoten zu dienen, ihre absurden Wünsche zu erfüllen, Souffleuse.

Der Souffleurkasten mein eigenes Reich.

Mit meinen Regeln.

Sie haben recht, sage ich zur Intendantin, ich habe mein ganzes Leben in der Oper verbracht, aber das ist doch nichts Schlechtes?

Seit dem Tod Ihres Mannes sind Sie verwandelt, erwidert sie. Sie sind stur geworden, berichtet man mir zumindest.

Wer berichtet das?

Das darf ich Ihnen nicht sagen, interne Vorschriften, Sie verstehen. Datenschutz, Compliance, irgendeines dieser lästigen Dinge. Es geht Sie auch nichts an, wer mir was berichtet. Wie lange liegt der Tod Ihres Mannes nun schon zurück?

Das, Frau Intendantin, sage ich, geht nun wiederum Sie nichts an.

Wir müssen über Ihren Mann reden, sagt die Intendantin. Man behauptet, Ihr eigenartiges Verhalten hätte mit seinem Tod begonnen. Sie hätten seitdem kein Wort mehr über ihn verloren, wären eigen geworden. Ihr Mann hat hier gearbeitet, an diesem Opernhaus, nicht wahr?

Mein Mann gehört nur mir, stoße ich hervor, die Erinnerungen an ihn sind nur die meinen.

Haben Sie Angst, es könnten Erinnerungen in Ihr Gehirn kommen, die dort nicht hingehören?

Frau Intendantin, sage ich, bei allem Respekt, aber das wird mir zu privat für ein Nichtverlängerungsgespräch.

Mein Mann war Hausregisseur an der Oper.

In jener kurzen Zeit, in der ich Regieassistentin war.

Er beeindruckte mich, weil er stets vorbereitet zur Probe kam, eine Geschichte zu jeder Note hatte, zu jeder Melodie eine Anekdote kannte, weil er den Sängerinnen und Sängern Geschichten erzählte, sie um den Finger wickelte, weil er wusste, wie er ihre Phantasie anregen konnte, nicht nur Gänge über die Bühne organisieren.

Ich war verschossen in ihn wie eine Teenagerin.

Das ist der Mann, den ich einmal heiraten werde.

Dieser Satz war mir so wahr wie: Ich habe zwei Hände, einen Kopf und zwei Füße.

Ich wusste nur nicht, wie es geschehen würde.

Ich verließ den Mann, mit dem ich zu der Zeit zusammen war, ich hätte jemand anderen gefunden. Für mich gab es keinen Zweifel, dabei hatten mein zukünftiger Mann und ich zu diesem Zeitpunkt noch kein privates Wort miteinander gewechselt. Ich gestaltete meine Wohnung so, wie ich dachte, dass sie ihm gefallen würde. Ich achtete auf jeden Hinweis, den er seinem Bühnenbildner gab, seinem Ausstatter. Ich ließ mir in der Direktion unter einem Vorwand seine private Adresse geben, spazierte durch die Gegend, in der er wohnte, nur um ihm zufällig auf der Straße zu begegnen und unsere Liebesgeschichte so endlich beginnen zu können. Doch nichts, die gesamte Probenzeit über. Er probte acht Wochen, was damals ungewöhnlich lange war. Letztes Probenwochenende. Noch immer kein privates Wort gewechselt. Ich bat ihn, das Regiebuch noch einmal mit mir durchzusehen.

Er willigte ein.

Nach der Probe saßen wir beieinander, auf seinem Regietisch im Parkett des Zuschauerraums. Ich blätterte durch meine Notizen, hatte einen Zettel zwischen die Seiten seines Regiebuchs gelegt mit meinem Namen und dem handschriftlichen Satz: Haben Sie Lust auf ein Abendessen mit mir? Ich war nervös, als er die Notiz aufblätterte, ließ ihm Zeit, die Worte zu lesen.

Er stutzte: Meinen Sie mich damit?

Ich brachte kein Wort über die Lippen, nickte nur.

Das können wir gerne machen, sagte er und, nach minutenlangem Schweigen meinerseits: Soll ich einen Vorschlag machen?

Wir trafen uns bei einem Italiener nicht unweit der Oper. Ich hatte Angst, Kollegen könnten uns sehen, aber er schien ganz unbekümmert. Wir aßen und er empfahl mir Gerichte, die ich nie bestellt hätte, nicht aussprechen konnte, wir sprachen über die Arbeit, über die Oper, die er gerade inszenierte und bei der ich ihm assistierte.

»Herzog Blaubarts Burg«.

Er inszenierte das kurze Werk gemeinsam mit einem ebenso kurzen Barockwerk, hatte beides mit seinem Team in beeindruckende Bühnenbilder gegossen, die Burg als verwinkeltes Raumlabyrinth auf die Bühne gebracht, dessen alte Ölgemälde im zweiten Teil für das Barockwerk zum Leben erwachten. Es wurde eine beeindruckende Produktion, die später viel Aufsehen erregte, mich jedoch nicht berührte.

Er merkte, dass ich seinen Ausführungen nicht folgen wollte.

Wie sehen Sie denn die Oper, wenn meine Interpretation Sie schon so kaltlässt?, fragte er mich. Was sehen Sie in »Herzog Blaubarts Burg«?

Die Burg ist sein Körper, sagte ich.

Er schob seinen Teller zur Seite, gab mir zu verstehen, ich solle weitersprechen.

Blaubart hat sich in ihn zurückgezogen, Mauern errichtet. In seinem Körper bewahrt er alles auf, alle Erinnerungen, Schätze, Grausamkeiten. Alle Verletzungen und Wunden. Seine neue Frau Judith betritt mit seiner Burg seinen Körper, sie öffnet mit den Türen kein Bauwerk, sondern Blaubart selbst. Doch wir alle haben ein Zimmer in uns, das nicht geöffnet werden darf, das verschlossen bleiben muss. Und als Judith die letzte Tür öffnet, kollabiert sein Körper über ihr, bestraft sie für ihren Glauben, man könne einen Menschen ganz betreten, ganz kennen.

Als ich zu Ende gekommen war, küsste ich ihn.

Er schrak auf, küsste mich nicht zurück.

Ich dachte, das wäre ein berufliches Treffen, sagte er. Sie wollen eine Empfehlung. Ein Gespräch mit der Intendanz, selbst inszenieren. Ich dachte, Sie wollen meine Hilfe. Sein Stammeln war herzzerreißend.

Ich will Sie, sagte ich.

Ihr Zettel.

Was ist mit dem Zettel?

Er war so unklar.

Haben Sie Lust auf ein Abendessen mit mir?

Sie wissen ja nicht, wie oft ich das gefragt werde, aus beruflichen Gründen.

Lassen Sie uns noch einmal treffen, schlug ich vor, und das nächste Mal ist Ihnen die Prämisse unseres Treffens klarer.

Wir trafen uns.

Redeten.

Redeten nicht.

Schliefen miteinander.

Wurden ein Paar.

Ich hatte unsere Beziehung durch meine Vorstellungskraft manifestiert.

Ich hatte sie für wahr gehalten, bis sie schließlich wahr wurde.

Ich arbeitete weiter mit ihm zusammen, als wir bereits ein Paar waren, als ich längst zur Souffleuse geworden war. Mich störte unsere private Beziehung bei der Probenarbeit nicht. Er bezog alle in die jeweilige Inszenierung mit ein. Es war jedoch keine Selbsterfahrungstruppe, die er um sich scharte, er blieb derjenige, der die Entscheidungen traf. Aber er hörte auf uns, er erklärte, kommunizierte. Das ist selten geworden, heutzutage. Er wollte alle Meinungen hören, auch meine. Ich war nicht mehr nur dazu da, anonym Text einzusagen, ich war plötzlich ein Mensch, ein kompletter Mensch statt eines sprechenden Mundes.

Doch nie gingen wir nach den Proben zu ihm nach Hause.

Immer nur in meine kleine Wohnung gegenüber der Oper.

Erst kurz vor unserer Hochzeit setzte ich mir das Ziel, seine Wohnung zumindest einmal zu Gesicht zu bekommen.

Ich werde dich nicht heiraten, sagte ich, ohne deine Wohnung gesehen zu haben.

Warum nicht?

»Herzog Blaubarts Burg«. Ich habe meine Lektion gelernt.

Seine Wohnung war ein Schock für mich, als ich sie zum ersten Mal betrat.

Weil ich sie nicht verstand.

Überall standen kleine Bühnenbilder.

Gebastelt aus Schuhschachteln, Holzboxen.

Die ganze Wohnung war voll damit, bis in die hinterste Ecke.

Die Bühnen meiner geheimen Inszenierungen, sagte er.

Mein Mann baute für jedes Werk, das er in der Oper betreute, zuhause ein kleines Opernhaus nach. Inszenierte die Opern mit selbstgebastelten Figuren im Stop-Motion-Verfahren. Ungekürzt. Er filmte alles mit einer klobigen Kamera, schnitt das Material zu Opernfilmen. Die Bühnenschachteln schlug er mit schwarzem Samt aus. Aus den Holzstäben von Eislutschern klebte er den Bühnenboden. Doch bei allem Selbstgebastelten hatten die Aufführungen eine Brillanz, die weit mehr war als Blödelei. Er führte die Figuren mit Bedacht, bastelte komplexe Szenerien und stattete seine kleine Welt liebevoll und mit hintergründigem Humor aus. Die Musik spielte er selbst am Klavier, sang alle Rollen, sogar den Chor. Es waren beeindruckende

Aufführungen, die er mit seinen Figuren schuf, überraschende, keine Sekunde langweilige Inszenierungen, bei denen man vergaß, dass keine Menschen vor einem standen, sondern Figuren aus Knetmasse, die er in mühsamer Kleinarbeit ihre Aktionen ausführen ließ. Für eine dreistündige Oper brauchte er mehrere Monate, die fertigen Filme hatte er noch nie jemandem gezeigt.

Ich sah sie mir an.

Alle.

Meine Lieblingsaufführung war Verdis »Macbeth«. Hierfür hatte er den Bühnenboden durchlöchert, das Licht kam ausschließlich von unten und strukturierte den Raum mit Lichtsäulen zwischen großen Flächen absoluter Dunkelheit. Aus Holzstäben hatte er eine Art spitz zulaufenden Kerker gebaut, in dem das ganze Drama spielte. Seine Figuren warfen durch das außergewöhnliche Licht große Schatten, die er begeistert filmte. Seine Version konzentrierte sich ganz und gar auf Lord und Lady Macbeth, ihre Beziehung zeigte er als große, brutale Liebesgeschichte. Alle anderen Figuren und den Chor verbannte er hinter die Stäbe des Käfigs, für sie gestaltete er keine Figuren aus Knetmasse, nur zweidimensionale Pappaufsteller, die er kaum bewegte. Alles fand im Inneren der Beziehung der Macbeths statt, die Hexen, die Kriege, die Morde, alles schien ihren verwirrten Geistern zu entspringen. Nur eine weitere Figur tauchte auf der Schuhschachtel-Bühne auf: der getötete König, dessen Geist einem Blutfleck auf dem Bühnenboden entstieg. Aus rotem Stoff hatte er diesen Fleck zwischen zwei Lichtsäulen gebastelt, in der Videoaufnahme kaum zu erahnen, so konnte er die Figur des Geistes von unten auftauchen lassen. Der Geist war in seiner Inszenierung realer als alle anderen Opernfiguren. Begeistert sang mein Mann die Rollen der Macbeths, warf sich in Verdis Rhythmus, unterlegte die ganze dreistündige Oper ausschließlich mit seinem Gesang. Das war nur wenige Sekunden lustig, dann begriff man, wie ernst er es meinte. Seine Miniaturinszenierungen waren besser als die Aufführungen, die er im Opernhaus realisieren konnte, wo sein »Macbeth« in einem Feldlager spielte, der Chor in handgeschneiderte amerikanische Armeeuniformen gesteckt, mit denen er als Regisseur dann nichts anzufangen wusste. Seine Miniaturinszenierungen waren Visionen, die in der Opernrealität nicht umsetzbar waren. Er tat mir leid, weil er in seinem Kopf wusste, wie die Werke aufzuführen waren. Ohne die Begrenzungen der Technik, ohne schwerfällige Intendantenentscheidungen.

Nach seinem Tod hob ich alle Modelle und Videokassetten auf, sah sie mir jedoch nie wieder an. Sie sind ohne ihn nicht denkbar, eine Verlängerung seines Gehirns, seiner Gedanken, längst verrottet.

Ich schrecke auf, weil die Intendantin mit der Kaffeetasse klimpert. Ich will Ihnen nichts Schlechtes, Madame Partitur, sagt sie. Das müssen Sie mir glauben. Ich will Sie weiter an diesem Opernhaus halten. Ich habe Sie nicht wegen einer Nichtverlängerung zu mir gebeten. Ich will Ihr Wissen nicht verlieren. Ich weiß, wie leicht es ist, mich zur Karikatur zu machen, das versuchen Teile der Presse, das versucht das Publikum, weil ich einen neuen Weg suche und den Wegweiser selbst noch nicht gefunden habe. Sie können sich die Widerstände nicht vorstellen, mit denen ich konfrontiert bin. Als Frau an der Spitze eines Opernhauses. Als Künstlerin mit eigener Meinung. Als Mensch, der etwas verändern will, der eine Vision im Kopf hat und darum kämpft, sie irgendwie auf den Boden der Tatsachen zu bekommen. Dieser Kampf ist einsam, aber ich gehe ihn mit Freude, mit Lachen im Gesicht und Irrsinn im Kopf. Ich will

Sie auf diesem Weg nicht verlieren, Madame Partitur, ich will gemeinsam eine Wiederauferstehung dieser alten Institution versuchen, wenn diese vermaledeite Pandemie zu Ende gegangen ist. Dieses Opernhaus wird wieder groß und bedeutend werden. Im Moment liegt es darnieder, da haben Sie recht, aber das Leben wird zurückkommen, glauben Sie mir, das Publikum, die Musik, wir müssen nur zuwarten.

Das klingt wie Ihre Durchhaltebotschaften, die Sie in die Welt senden.

Sie sehen sich meine Videobotschaften tatsächlich an?, fragt die Intendantin und strahlt dabei über das ganze Gesicht. Ich schreibe die Texte selbst. Nun, ich suche im Internet nach Vorlagen, kopiere mir Sätze zusammen und schummle eigene Gedanken darunter. Die Texte sind dennoch von mir, finden Sie nicht auch? Ich bin der Ausgangspunkt, die vereinende Hand.

Sie wollen mich loswerden, sage ich, peinlich berührt.

Niemand spricht vom Loswerden, wiegelt die Intendantin ab. Sie müssen endlich über Ihren Mann sprechen, Madame Partitur, sein künstlerisches Erbe. Einen Schritt nach vorne gehen.

Arbeiten Sie nebenberuflich als Psychologin?

Ich arbeite sogar hauptberuflich als Psychologin, sagt die Intendantin. Alle guten Regisseurinnen sind Psychologinnen.

Ich dachte Chirurginnen.

Chirurginnen, Psychologinnen, alle guten Regisseurinnen sind Ärztinnen.

Und die schlechten?

Apothekerinnen.

Ein gemeinsames Lachen.

Sie können mich jederzeit anrufen, sagt die Intendantin und erhebt sich. Tag und Nacht, ich bin immer erreichbar. Sie fischt eine Karte aus ihrer Hosentasche, legt sie auf den Boden und kickt sie mir mit einem Fußtritt entgegen. Ich hebe die Karte auf, eine Visitenkarte, auf der Rückseite ihre Mobilnummer in Handschrift.

Und entschuldigen Sie sich bei der Sopranistin, ruft die Intendantin mir noch hinterher, als ich ihr Büro schon verlassen habe.

Ich tue, als hätte ich sie nicht gehört.

***

Die Oper ist tot.

Da kann die Intendantin noch so viel vom Gegenteil sprechen.

Die Oper lebt, gerade weil sie tot ist.

Wenn die Intendantin nicht versteht, dass der Reiz der Oper darin besteht, auf etwas zu blicken, das tot und dennoch wunderschön ist, dann wird sie scheitern. Wenn die Oper lebt, dann höchstens wie Frankensteins Monster. Körper, die jeden Abend Materie zum Leben erwecken. Leben, das danach wieder zu schwarzen Flecken auf Notenpapier wird.

Schön ist das.

Und erschreckend.

Sucht man in der Oper nur das Lebendige, übersieht man ihren Reiz. Betrachtet man sie nur als tot, übersieht man ihr Potenzial.

***

Ich möchte die wenigen Meter zu meiner Wohnung spazieren, quer durch den kleinen Park, der vor dem Opernhaus liegt, vorbei am Rosenbeet, vorbei an der Rose, die meinen Namen trägt, weil mein Mann sie nach mir benennen ließ, die gleiche Rose, die auch vor unserer Hütte am Land steht, doch der Park ist verschlossen, das Gitter mit Hinweisschildern verhängt. Auf einer Wiesenfläche vor dem Parkeingang sitzen Jugendliche auf dem kalten Boden, rundherum Polizei mit mehreren Einsatzwägen. Sie haben die Jugendlichen umrundet, weil diese einander zu nah gekommen sind.

Ein Polizist hält mich auf, als ich am Tor zum Park rüttle.

Wohin sind Sie unterwegs?

In meine Wohnung.

Woher kommen Sie?

Aus der Oper.

Was machen Sie in der Oper?

Ich arbeite dort. Noch arbeite ich dort. Zumindest glaube ich das. Ich kann es jedoch nicht beschwören, vielleicht bin ich ab jetzt auch nur mehr Besucherin. Es ist ein Schwebezustand, ein bisschen wie Schrödingers Katze, wenn Sie verstehen. Ich bin Souffleuse und gleichzeitig nicht mehr Souffleuse. Man müsste die Oper wieder öffnen, um zu sehen, was wirklich zutrifft, aber im Moment ist sie ja geschlossen.

Der Polizist kneift die Augen zusammen: Gnädige Frau, haben Sie getrunken?

Nur Kaffee, und noch dazu schlechten. Ich würde Sie ja anhauchen, aber das könnte in Zeiten wie diesen als feindlicher Akt aufgefasst werden.

Gehen Sie nach Hause, wenn ich Ihnen einen Rat geben darf.

Wie viel muss ich dafür bezahlen? Immerhin ist guter Rat teuer.

Einer der Jugendlichen, die immer noch völlig entspannt hinter dem Polizeiaufgebot sitzen, lächelt mir zu und ruft: Sie haben alles angehalten, eingefroren. Er deutet unbestimmt nach oben. Und jetzt verändern sie uns, ruft er, manipulieren uns, spritzen uns Dinge in die Venen. Und dann werden sie tun, als wäre nichts von alledem passiert. Nur wir werden andere sein, etwas in uns ausgetauscht, gesteuert, doch wir werden es nicht einmal wissen.

Gehen Sie nach Hause, sagt der Polizist, es ist gefährlich hier draußen.

Ich verschwinde, laufe rund um den abgesperrten Park durch eine menschenleere Stadt. Immer wollte etwas in mir unter Menschen leben.

Mein Mann und ich, in meiner Wohnung.

Klein und beengt, aber unser Refugium.

In der Wohnung sammeln sich Erinnerungen an unsere Anfangszeit, als mein Mann noch jung war. Jünger. Als wir frisch verliebt waren und es uns nach den Opernvorstellungen nicht schnell genug gehen konnte, ins Bett zu kommen. Erinnerungen an eine glückliche Zeit des Aufbruchs. Ich drücke das Haustor auf, das immer offensteht, steige hinauf in den dritten Stock, immer noch ohne Lift. Die alte Tür mit Glaseinsätzen, Metallgittern davor, ganz am Ende des Ganges. Ich streiche über die Klinke.

Kann ich Ihnen helfen?

Hinter mir eine Frau, ein Baby im Arm, es sitzt in einem dieser Tragtücher, die Frau sieht mich genau wie ihr Baby an: ungläubig.

Ich wohne hier, sage ich.

Die Frau hebt die Augenbrauen: Ich habe Sie noch nie hier gesehen.

Ich halte den Schlüssel in der Hand, traue mich nicht, die Tür zu meiner eigenen Wohnung zu öffnen. Entschuldigung, sage ich, setze die Maske auf und dränge mich an der Frau vorbei in Richtung Treppenhaus.

Nach dem Tod meines Mannes flüchtete ich in die Stadt, verließ die Hütte am Land, die mit so viel Leid verbunden war, mit seinem Sterben, arbeitete tagsüber und verschanzte mich danach sofort in der Wohnung, vergrub mich in den hier gespeicherten Erinnerungen an unsere Anfangszeit. Doch es fühlte sich zusehends wie ein Verrat an all dem an, was dieser Anfangszeit gefolgt war.

Ein Verrat an der schwierigen Zeit.

Ich musste mich der Hütte stellen.

Meinem Nichtzuhause.

Ich versperrte die Wohnung und schwor, sie nicht wieder zu betreten, bis ich die Hütte und den Garten bezwungen hatte, alle damit verbundenen Erinnerungen.

Sie sind stur geworden, Madame Partitur, so berichtet man mir.

Ich bin nicht stur geworden, aber die Intendantin hat dennoch recht, etwas hat sich verändert. Seit dem Tod meines Mannes.

Mein Mann war mein Partner, wiederhole ich immer wieder.

Das sagt sich schnell, aber selten trifft es auf jemand wirklich zu.

***

Zurück auf dem Grundstück am Land erwartet der Hund mich schon. Er bellt, heißt mich so willkommen. Ich streichle ihm über den Kopf, schließe die Hütte auf, lasse den Hund ins Vorzimmer, stelle mir in der Küche Tee auf. Während das Wasser warm wird, klappe ich den Laptop auf, ein paar Klicks, dann finde ich den Link. Ich gehöre noch nicht zum alten Eisen, auch wenn die Intendantin das glaubt.

Die Onlineübertragung unserer »Lucia di Lammermoor«.

Die Aufnahme hängt, die Aktionen ruckeln, die Musik zerstückelt. Das liegt an der Verbindung hier, das kann ich der Aufnahme nicht zum Vorwurf machen. Wie Roboter kommen mir die Sängerinnen und Sänger trotzdem vor. Die Bühne ist dunkel, säuft im Schwarz ab, anders als im Opernhaus, wo das Licht verzaubert scheint. Ich scrolle zur Stelle des ersten Aktes vor, an der ich den Einsatz nicht gab.

Nichts.

Die Sopranistin singt weiter, als wäre nichts gewesen.

Ein Lob an die Tontechnik.

Ich springe ans Ende der Oper.

Dann lese ich im Forum nach.

Wunderbar, schreibt jemand, *und so bequem im eigenen Zuhause.*

Die Zukunft der Oper.

Ein Lebenszeichen in schwierigen Zeiten für uns alle.

So muss Oper heute.

Ich klappe den Laptop zu.

Trinke meinen Tee, während ich nach meinem Telefon suche. Endlich, es hängt am Ladekabel, ein Strich nur, doch das muss jetzt reichen. Halt still, sage ich zu dem Hund, während ich versuche, ein gutes Foto von ihm zu schießen, doch er wetzt unruhig herum. Als wüsste er, dass er porträtiert wird und hätte keine Lust darauf.

Ich werde dich fotografieren, sage ich zu ihm, ob du willst oder nicht. Und dann werden ich in die Stadt fahren, das Foto in einem Copyshop ausdrucken lassen, 50 Kopien vielleicht, auf die werde ich meine Telefonnummer schreiben, und dann werde ich durch die Dörfer fahren und die Kopien an allen Gemeindeämtern und Kirchen aufhängen, an manchen

Straßenlaternen. Du wirst auf dem Beifahrersitz sitzen, und vielleicht wird dich irgendjemand erkennen.

Endlich gelingt mir ein gutes Foto.

Doch zuerst, sage ich, musst du etwas essen. Du bestehst ja nur aus Haut und Knochen. Ich koche ihm, was unser alter Hund am liebsten gegessen hat. Nudeln und etwas Fleisch, einige Kartoffeln. Ich habe alle Zutaten in der Vorratskammer, koche einen Eintopf, den wir beide essen können.

Wir essen gemeinsam und beobachten einander.

Zum ersten Mal spreche ich mit ihm, und das ist immer ein schlechtes Zeichen, wenn man zu einem Lebewesen keinen Kontakt aufbauen will, aber nun ja, ich sage: Guter Junge.

Und mit diesem *Guter Junge* ist es besiegelt.

Als wir gegessen haben, nehme ich seinen Napf und meinen Teller, wasche beides ab und stelle seinen Napf in den Vorraum, anstatt ihn im Schrank zu verstauen.

Unser alter Hund war ein Pudel. Mein Mann bekam ihn geschenkt, als er am Opernhaus in Pension ging. Ein Regisseur geht nicht in Pension, sagte er immer. Aber mein Mann war auch Oberspielleiter gewesen, und als solchen hatte man ihn zwangspensioniert.

Du bleibst ja weiterhin Regisseur.

In Wahrheit hatte niemand vor, ihn wieder zu engagieren.

Es gab eine große Feier in der Intendanz, alle hatten Kuchen gebacken, die ganze Veranstaltung war meinem Mann ein Graus. Sekt wurde gereicht, eine Abordnung des Orchesters spielte einen Tusch für ihn, eigens komponiert. Er musste eine Rede halten. Ich stand in der Ecke, den Blick zu Boden gerichtet. Ich wusste, wie sehr er es hasste, vor Menschen über sich zu sprechen. Auf Proben konnte er stundenlang über eine Oper sprechen, eine spezielle Szene, eine einzelne Figur. Doch eine Rede halten, das war nichts für ihn. Er schwitzte. Fand nicht die richtigen Worte.

Endlich Applaus und Erlösung.

Da wurde der Hund hereingeführt.

Unverantwortlich, ein Lebewesen zu verschenken.

Du brauchst jetzt etwas, worum du dich kümmern kannst, sagte die Kollegenschaft, damit dir nicht langweilig wird.

Mein Mann warf mir einen Blick zu, ich einen zurück.

Er wollte keinen Hund, ich solle mich um ihn kümmern.

Es dauerte keine Woche, dann hatte er den Hund so sehr ins Herz geschlossen, dass dieser im Bett schlafen durfte.

Ich krame auf dem Dachboden nach dem alten Halsband, der Leine, finde beides und lege es dem Hund an. Er hält still, als wäre er es gewohnt, an der Leine geführt zu werden. Guter Junge, sage ich abermals, aber jetzt brauchst du einen Namen, ich kann dich nicht weiter einfach Hund nennen, oder Guter Junge, das ist würdelos.

Der Hund sieht mich an, als erwarte er eine Entscheidung.

Ich nenne dich Hans Styx.

Hans Styx, nach einer Figur in der einzigen Operette, die ich leiden kann: »Orpheus in der Unterwelt«. Meine Mutter sang die Eurydike, bei uns zuhause, nie auf der Bühne. Und später betreute ich die Inszenierung meines Mannes als Souffleuse, in welcher der Darsteller des Hans Styx allen anderen Rollen seine Stimme lieh, wenn diese sprechen mussten. Die Sängerinnen und Sänger waren für den Gesang zuständig, sobald sie jedoch sprachen, übernahm der Darsteller des Styx. Er improvisierte, verstellte seine Stimme, war wie ein Geist, der in die Figuren fuhr. Nur wenn die Musik erklang, waren die Figuren sie selbst. Sonst war Hans Styx es, der sie belebte.

Ein passender Name für den Hund einer Souffleuse.

Ich ziehe an der Leine, Hans Styx sieht nicht unglücklich aus.

Nun denn, sage ich zu ihm, lass uns den ersten Spaziergang wagen.

Wir spazieren durch den Wald, die Strecke, die mein Mann immer mit unserem alten Hund gegangen ist und die ich seitdem alleine entlanglaufe. Abseits aller Wege, durch das Unterholz, hier ist es dunkel und feucht, selbst im Sommer, aber jetzt im Winter ist es eine unheimliche Gegend. Ich liebe sie dennoch, weil ich der einzige Mensch bin, der sich je hier bewegt. Ich nehme eines der getrockneten Schweineohren aus der Tasche der speckigen Jacke, die mein Mann für seine Hundespaziergänge gekauft hat und die immer noch im Vorzimmer hängt, die ich jetzt trage, voller Leckerli, nie weggeworfen. Ich halte Hans Styx das Schweineohr hin, doch nichts passiert. Er sieht mich an, bellt in den Wald, seine Beine zittern, er winselt, als sähe er etwas, was ich nicht sehe, er hat Angst.

Es ist ein riesengroßes Waldstück, in dem man sich leicht verirren kann.

In dem ich mich auch mehrmals verirrte, alleine unterwegs. Einmal fand mein Mann mich erst nach mehreren Stunden, verängstigt und unterkühlt, keinen Kilometer von unserer Hütte entfernt, ich hatte einfach keine Ahnung mehr gehabt, wo ich mich befand.

Ich kenne die Lösung für dieses Problem, sagte mein Mann.

Er verriet sie mir nicht, bis ich sie mit eigenen Augen sah.

Requisiten aus seiner Inszenierung von »Hänsel und Gretel«. Dem Opernhaus billig abgekauft, als sie nicht mehr auf den Spielplan gesetzt wurde. Das Hexenhaus war bei ihm ein riesiger Bonbonladen gewesen, voller Süßigkeiten, gestreifter Zuckerstangen, in Glitzerfolie gewickelter Schokolade. Die beiden

Kinder hausten in einer heruntergekommenen Sozialwohnung, von den Eltern vernachlässigt. Die Hexe war Fleisch gewordene Verlockung, ein Wesen zwischen Mann und Frau, kein hässliches Märchenwesen auf einem Besen, sondern Wunschvorstellung und erotischer Traum. Seine Inszenierung war kein Erfolg. Wurde nach einer Spielzeit wieder abgesetzt und gegen die alte Inszenierung ausgetauscht, die noch in der Nachkriegszeit herausgekommen war und ein traditionelleres Bild des Märchens bot. Die Requisiten der Inszenierung meines Mannes waren beeindruckend gewesen. Alle Süßigkeiten überlebensgroß, man wollte sie berühren, doch sie flößten auch Angst ein. Er kaufte sie und hinterlegte sie im Wald, platzierte sie an wichtigen Stellen der Route, für mich zur Orientierung. Die Gemeinde erlaubte es ihm, weil mein Mann kein Geld dafür wollte und man hoffte, Spaziergängern eine kleine Abwechslung bieten zu können, einen Märchenweg als Attraktion, doch der schwer auffindbare Weg blieb weiterhin verlassen, nur mir vorbehalten. Ich weiß seitdem genau, bei welcher Zuckerstange ich links abbiegen muss, um vom Bereich der Buchen zu dem der Kiefern zu gelangen. Die Buchen sind eindrucksvoll, aber ich halte sie nur eine gewisse Zeit lang aus. Sie wachsen hoch, fressen alles Licht unter sich, lassen keinen Platz für andere Pflanzen. Bei der Zuckerstange links also, zu den freundlicheren Kiefern. Dort hat er eine Pralinenschachtel der Knusperhexe platziert, an dieser muss ich wenden und zu einer Lichtung gehen, an der mir ein Besen des Besenbinders den Weg zurück zur Hütte zeigt. Es ist ein Segen, dass die Inszenierungen an unserem Opernhaus für Jahrzehnte ausgelegt sind, die Requisiten halten Wind und Regen stand, sie sind schwer, kein Tier konnte sie bisher je wegzerren.

Siehst du, da vorne ist schon die Pralinenschachtel, sage ich zu Hans Styx, der immer noch zittert und winselt. Ist ja schon gut, du dummer Hund. Du sollst doch mich beschützen, nicht umgekehrt.

Hans Styx bellt, er drückt sich gegen den Boden, dann springt er auf und fängt an, meinen Unterschenkel zu reiten wie verrückt. Ich erschrecke, dann drücke ich ihn weg von mir, sehe seinen Gesichtsausdruck.

Genau wie mein Mann.

Und da muss ich lachen.

Laut und hemmungslos, zum ersten Mal seit Langem.

Hans Styx zuckt zusammen, das Geräusch meines Lachens unfassbar laut im Wald. Er kauert sich zu meinen Füßen. Vermutlich will auch ein Hund nicht, dass eine Frau ihn beim Geschlechtsverkehr auslacht. Ich streichle über seinen Kopf, halte ihm nochmal das Schweineohr hin, er nimmt es. Ich habe nicht über dich gelacht, versichere ich ihm, keine Sorge. Vielen Dank für das Kompliment, aber von nun an lässt du mein Bein in Ruhe, haben wir uns verstanden?

Er sieht mich an und ich habe das Gefühl: Ja, das hat er.

***

Hans Styx und ich verbringen die Tage gemeinsam.

Nur wir zwei.

Im Opernhaus bin ich beurlaubt.

Bis auf Weiteres.

Ich spiele Hans Styx alte Platten vor, genauso, wie ich es mit meinem Mann getan habe, als ich ihn pflegte.

All die Opern, die mein Mann liebte, ich aber nicht.

Und als Kompromiss die gemeinsam geschätzte Oper seit Anfangszeiten.

»Herzog Blaubarts Burg«.

Mein Mann hatte seine Konzeption nach unserem ersten Gespräch noch adaptiert. Große Änderungen konnte er so kurz vor der Premiere nicht mehr erzwingen, das ließ die Bürokratie des Opernalltags nicht zu, aber er entfernte Requisiten, fokussierte das Licht auf den Darsteller des Blaubarts.

Und er veränderte ein sprechendes Detail. Anstatt die Türen zu öffnen, die im Bühnenbild nun nutzlos herumstanden, strich Judith ihrem Blaubart über den Kopf, wenn die Rede davon war, dass sie eine seiner Kammern öffnete. Seitdem verband uns diese Oper. Ich spielte sie ihm abwechselnd mit seinen anderen Lieblingsopern vor, während ich ihn pflegte, ihn wusch und fütterte. Im Opernhaus hatte ich zu dieser Zeit einen Ersatz gefunden, der mich vertrat, der frühere Intendant hatte dem zugestimmt, damit ich mich um meinen Mann kümmern konnte. Nur für wenige Stunden pro Tag fuhr ich in die Oper, offiziell, um meinen Ersatz zu unterstützen, tatsächlich aber, um nicht wahnsinnig zu werden.

Es war unser Ritual.

Ich kam nach Hause, wenige Stunden, nachdem die Pflegerin gegangen war. Mein Mann sagte mir, welche Aufnahme er hören wollte, ich legte sie auf und saß an seiner Seite, gemeinsam hörten wir die gesamte Oper, dann schlief er ein.

Anfangs machte mir seine Pflege nichts aus.

Ich musste es einfach tun, die Arbeit erfüllte mich mit Sinn.

Ich hatte versprochen, mich um ihn zu kümmern.

Ein letztes Mal besuchten wir gemeinsam die Oper, mein Mann im Rollstuhl, ermöglicht von der Intendanz, eine ganze Loge reserviert, alle Sessel ausgeräumt. Aber er war nicht derselbe, mäkelte an allem herum, schimpfte laut. Zuhause konnte er sich beherrschen, in der Oper jedoch brach alles aus ihm heraus. Seine Hand zuckte, ich wollte sie festhalten, er schlug mir ins Gesicht. Er wand sich, am Ende krächzte er so laut, dass das Publikum zu uns sah, weil alle dachten, er buhe die Vorstellung aus. Im Rettungswagen, den ich privat bezahlte, um ihn sicher zurück zur Hütte zu bringen, wagte ich kein Wort zu sprechen.

Was wird schon von mir bleiben, brach es aus ihm hervor, als wir aus der Stadt fuhren. Kein Buch, das man immer zur Hand nehmen kann. Vielleicht eine Aufführung, die hin und wieder zurück auf den Spielplan kommt, mit der ich die Hand aus dem Grab stecke, noch ein Lebenszeichen sende. Bis sie schließlich auch abgesetzt wird. Er schnaufte, zog tief Luft in sich ein. Wenigstens der Garten, sagte er dann.

Wenigstens das.

Sein Tod zog sich in die Länge.

Ich schaffte die Arbeit, zu der sein Sterben wurde, selbst mit Hilfe der Pflegerin kaum.

Ich war nicht mehr jung.

Hatte meine Mutter schon gepflegt.

Er krepierte ein Jahr lang.

Ein Jahr, das mich mental auslaugte und über das ich nie mit jemand sprechen konnte. Nicht wirklich.

Wie aufopferungsvoll du dich um ihn gekümmert hast.

Er konnte froh sein, dass er dich hatte.

Es muss schön sein, seinem Mann in so einer Stunde beiseitestehen zu können.

Klischees, nichts Tröstliches.

Sein Tod passierte.

Ein Albtraum.

Eine Erleichterung.

Die Beerdigung war eine riesige Veranstaltung, wie bei meiner Mutter. Ich hatte seit Tagen nicht geduscht, war nur im

Teich geschwommen. Im Teich, den ich immer gemieden hatte, jetzt wurde er zur Obsession. Das ganze Opernhaus war da. Das Orchester spielte ein Musikstück, ich erinnere mich nicht mehr, welches. Ich musste funktionieren. Der Vorhang musste hochgehen. Ich brachte wieder eine Beerdigung hinter mich, dann kroch mein zweites Ich in mich, brach mich erneut zusammen. Tagelang lag ich nur da, bewegte mich nicht aus der Hütte, konnte Garten und Teich nicht sehen. Dann setzte ich mich ins Auto, fuhr in die Stadt, in meine Stadtwohnung, flüchtete und machte mich wieder an die Arbeit. Saß jeden Abend im Souffleurkasten, kämpfte um jeden Dienst.

Jetzt steht Silvester vor der Tür, ich habe Angst vor dem neuen Jahr. Ich lasse Hans Styx in mein Bett, damit er sich unter der Decke verkriechen kann, wenn die Böller losknallen. Ich wickle ihn ein, schlüpfe in eine Jacke, in abgetretene Schuhe, kämpfe mir meinen Weg zur Grundstücksgrenze, durch Brombeerhecken, ziehe mir Schnitte zu, die Dornen stecken in meiner Haut. Aufwärts geht es, bis zum Zaun, der das Grundstück zu den Feldern dahinter abgrenzt. Von hier aus sehe ich das Feuerwerk, das die Bauern der Nachbarschaft veranstalten. Bunte Farben überall. Ein Feuerregen, der über dem Grundstück niedergeht. Ich fühle mich einsam, die Tage sind kurz und die Nächte sehr lang. Die Aussage ist banal, aber ihre Wahrheit zehrt an meinen Nerven. Ich rutsche auf der feuchten Erde zurück Richtung Hütte, lege mich zu Hans Styx ins Bett, die Böller machen ihm nichts aus, er ist ganz ruhig. Er leckt über mein Gesicht, hat Hunger. Ich koche ihm Nudeln: Frohes Neues Jahr. Gemeinsam essen wir.

Plötzlich eine Figur im Garten.

Mehr ein Fleck, der langsam näherkommt, größer wird.

Mein Mann, der zurückkommt, plötzlich wieder da ist.

Er stellt den rostigen Feuerkorb im feuchten Erdreich auf, weit weg von der Hütte, er hat selbst im Winter Angst, dass ein Funkenflug die Holzwände entzündet, stapelt Scheite übereinander, zuerst steigt nur Rauch nach oben, Qualm zieht in das Gesicht meines Mannes, er muss husten und ich lache. Schließlich schießt eine Flamme hoch, endlich. Er winkt mir zu, ist wieder zurück, ich erstarre vor Angst.

Dann winselt Hans Styx und die Realität kehrt zurück, ich muss mich um ein wirkliches Lebewesen kümmern, nicht um meine Einbildung.

Wie schön wäre es, sein Gesicht im Fenster zu sehen.

Wie schrecklich.

Wie schön wäre es, so leichtgläubig und so dumm zu sein.

Wie schrecklich wäre es, ihn wieder vor mir zu haben.

***

Die Intendantin sitzt im Zuschauerraum unseres Opernhauses, in einer der Logen, die Kamera ist so gedreht, dass man hinter ihr die leere Bühne und den Orchestergraben sieht, aber auch ein Stück der leeren Sitzreihen.

Was machen Sie im Zuschauerraum?, frage ich. Planen Sie die nächste Inszenierung für das Fernsehen?

Sie sieht verwirrt aus: Wovon reden Sie?

Der Zuschauerraum, Sie sitzen im Zuschauerraum.

Ach so, das hier. Sie zeigt mit dem Arm auf den Bereich hinter sich. Das ist nur ein virtueller Hintergrund. Schauen Sie, jetzt sitze ich in der Karibik. Plötzlich erscheint ein Strand hinter ihr, bildschirmhohe Palmen.

Und jetzt sitze ich auf einem Flugzeug.

Sie kichert wie ein Kind, macht mit den Lippen Propellergeräusche.

Und jetzt bin ich im Urwald.

Sie greift nach einer virtuellen Liane, als wäre sie ein Affe.

In Wahrheit sitze ich in meinem Büro.

Plötzlich erscheint ihr Schreibtisch, die mit Notizen vollgeklebte Pinnwand hinter ihr, der Spielplan der letzten Saison, in der noch Vorstellungen stattgefunden haben.

Oder bin ich doch in meinem Zuhause?

Wieder wechselt das Bild, sie sitzt auf einem Sofa, hinter ihr ein Bücherregal, ein kleines Schiff in der Flasche.

Sehen Sie, Madame Partitur, die neuen Möglichkeiten sind wunderbar. Wie ein virtuelles Theater mit virtuellen Bühnenbildern, gewechselt in Sekundenschnelle. Ich kann in meinem Zuhause sitzen und jeder glaubt, ich hielte im Opernhaus die Stellung.

Wieder klickt sie, sitzt erneut in der Oper.

Mir geht es nicht gut, unterbreche ich sie, ich brauche Hilfe.

Dann sollten Sie eine Psychologin aufsuchen. Gibt es bei Ihnen auf dem Land keine Psychologen?

Es gibt eine junge Frau, die ihre Praxis in einem aufgelassenen Kaufhaus im nächsten Dorf eingerichtet hat und die sofort einen Termin frei hat, wenn man sie fragt, die Landbevölkerung hält nichts von Psychodoktoren, schon gar nicht von weiblichen, jungen. Ich kann mich erinnern, dass in ihrem Wartebereich früher einmal die Kassa des Kaufhauses gewesen ist, die Wursttheke in dem Bereich, in dem sie jetzt das Behandlungszimmer eingerichtet hat. Ich bilde mir ein, die Wurst immer noch riechen zu können, was für ein Unsinn, sie hat neu ausgemalt, bei einem Diskonter billige, aber gutaussehende Möbel besorgt.

Sehen Sie, das klingt doch wunderbar, Madame Partitur.

Sie haben gesagt, Sie seien Psychologin.

Himmelherrgott, das war doch nur ein sprachliches Bild, Madame Partitur, das können Sie doch nicht so wörtlich nehmen.

Sie haben gesagt, dass Sie immer für mich erreichbar sind. Nun, jetzt haben Sie mich in der Leitung.

Wenn ich das gewusst hätte, sagt sie, hätte ich Ihnen meine Nummer nicht gegeben, den Link zu diesem Gespräch nicht verschickt.

Zu spät, sage ich, also hören Sie mir zu, Sie haben nichts Besseres zu tun.

Nun gut, ich höre Ihnen zu, sagt die Intendantin, aber nur aus einem Grund.

Wenn sie jetzt sagt, dass ich sie an sie selbst erinnere, schreie ich.

Weil Sie mich an mich selbst erinnern, Madame Partitur.

Ich lächle.

Ich sehe etwas von mir in Ihnen, sagt die Intendantin. Geben Sie mir einen Moment. Das Bild der Intendantin verschwimmt, sie verschwindet im Hintergrund. Dann taucht sie wieder auf, eine Kaffeetasse unseres Sponsors in der Hand.

Das ist ein privates Gespräch, sage ich, Sie müssen das ekelhafte Zeug nicht für die Kamera trinken, das wissen Sie?

Oh das, sagt sie und klopft gegen die Tasse, das ist kein Kaffee. Nun denn, Madame Partitur, worüber wollen Sie mit mir sprechen?

Ich habe Angst, sage ich, dass ich hier verrückt werde.

Ich kenne eine Ärztin, sagt sie, die kann Ihnen Medikamente gegen die Angst verschreiben, die wirken Wunder!

Ich will keine Medikamente nehmen.

Die Intendantin zögert einen Moment und kräuselt die

Lippen. Ach so, sagt sie, das wäre aber nun mal bedeutend einfacher.

Sie sind eine eigenartige Frau, wissen Sie das?

Versuchen Sie es doch mit Medikamenten, Madame Partitur. Ich gebe Ihnen die Nummer der Ärztin, sicherheitshalber, Sie müssen sich auch keine Sorgen machen, die verschreibt Ihnen das beste Zeug, ohne viel zu fragen. Es wird nie jemand erfahren, wenn es das ist, was Ihnen Sorgen bereitet.

Sollen wir es nicht zuerst mit Reden probieren?

Reden dauert lange und ist anstrengend, sagt die Intendantin, man sollte nur auf Gespräche zurückgreifen, wenn Medikamente nichts mehr ausrichten können.

Ich würde dennoch gerne mit Ihnen sprechen.

Die Intendantin kippt um und gibt nach, ihr Gesicht wird weicher, als sie fragt: Warum denn ausgerechnet mit mir?

Ich habe sonst niemanden, sage ich. Außerdem haben Sie meinen Mann nicht persönlich gekannt, deshalb kann ich mit Ihnen einfacher sprechen.

Die Intendantin schaut, als müsse sie eine komplizierte Rechenaufgabe lösen. Alle wollen heutzutage immer sprechen, sagt sie, es ist ein Graus.

Ich verstehe genau, was Sie meinen. Glauben Sie mir, ich spreche auch nicht gerne. Aber da müssen wir jetzt beide durch.

Nun denn, sagt sie, dann sprechen wir eben. Wie geht es Ihnen?

Sie wollen wirklich mit dieser Frage beginnen?

Zugegeben, sie ist banal. Doch wenn Sie ehrlich antworten, haben wir einen sinnvollen Beginn hingelegt.

Also antworte ich.

Nicht ehrlich, noch nicht, aber die Intendantin hat recht, ein sinnvoller Beginn ist gemacht.

In den nächsten Wochen sprechen wir regelmäßig miteinander. Die Intendantin ist ruppig zu mir und ungeduldig, sie macht Witze und ärgert mich mit ihren Bemerkungen, meist versucht sie, mich aus der Reserve zu locken, mich zu provozieren, doch trotz ihrer Art entwickelt sich zwischen uns so etwas wie Vertrautheit, manchmal schlüpft uns beiden ein gemeinsames Lachen durch, das verbindet. Ich lerne, hinter ihren Zynismus zu blicken, den sie so ausgiebig kultiviert, und wundere mich doch über die Regelmäßigkeit unserer Gespräche. Warum sucht sie die Nähe zu mir, wo es ihr doch so wichtig ist, ein ganz anderes Bild von sich zu malen? Immer abends schalte ich den Computer ein und warte, bis ihr Gesicht im Bildschirm erscheint. Ihr Lieblingshintergrund ist ein kitschiges Foto mit Delfin. Ich weiß nicht, ob es ironisch gemeint ist. Ich stelle mir die Intendantin im Opernhaus sitzend vor, in ihrem großen Büro, das zu dieser Jahreszeit eigentlich vor Menschen brummen sollte, ich sehe sie alleine über Gänge laufen, die riesengroße Bühne inspizieren, in ihrem Kopf all die Pläne, deren Umsetzung nun pausiert, all die Menschen, die nun aus der Oper verbannt sind, all die zerfallenden Möglichkeiten, die nicht stattfindenden Gespräche. Ich denke mir die Intendantin einsam, doch vielleicht ist das ein großer Fehler, weil ich nur mich selbst in ihr sehe. Was sieht sie in mir? Ich will es nicht wissen.

Wie geht es Ihnen?, fragt sie zu Beginn unserer Gespräche immer als Erstes und ich falle sofort mit der Tür ins Haus, halte Floskeln nicht mehr aus.

Ich sehe die Grabstelle meines Mannes, an welcher Stelle des Gartens auch immer ich mich befinde, sage ich. Egal aus welchem Fenster ich schaue, seine Grabstelle habe ich immer im Blick. Ich drehe die Kamera so, dass die Intendantin aus dem

Fenster sieht. Dieser Garten wird nie der meine sein, sage ich, er wacht immer noch darüber.

Nun, das ist Ihre eigene Schuld, Madame Partitur.

Sie haben recht, aber was hilft mir das?

Warum haben Sie ihn eigentlich nie in ein Heim gegeben?

Das habe ich nicht geschafft.

Ich habe meine Mutter in ein Heim gegeben, sagt die Intendantin, die Bürokratie war überschaubar und die Erleichterung meinerseits groß.

Das meinte ich nicht.

Sie sind aber auch schwer zu verstehen.

Ist es nicht Ihr Job als Regisseurin, schwer zu Verstehendes zu verstehen?

Was schlagen Sie denn nun vor?

Ist es nicht Ihre Aufgabe, mir etwas Hilfreiches vorzuschlagen?

Ich bin keine wirkliche Psychologin, sagt die Intendantin, vergessen Sie das nicht. Was glauben Sie, warum die Stunde bei einer guten Psychologin so teuer ist? Weil man es sich gut bezahlen lassen sollte, wenn man sechzig Minuten komplett ungefiltert mit dem Leben Fremder konfrontiert wird. Nur ich bin so dumm, mir Ihr deprimierendes Geschwätz auch noch gratis anzuhören. Wenn das in den Compliance- und Mobbingausschuss dringt, dann kann ich mir was anhören, unzulässige Vermischung von Berufs- und Privatleben, ich will gar nicht daran denken. Hier ist dennoch eine Idee: Kümmern Sie sich um den Garten, das ist doch eine Aufgabe, dann gehört er vielleicht auch ein bisschen mehr Ihnen, nicht nur Ihrem toten Mann. Ich habe einen Gärtner bei der Hand, soll ich Ihnen seine Nummer geben? Ich rufe ihn an, wenn Sie wollen.

Warum zur Hölle haben Sie die Telefonnummer eines Gärtners, frage ich, wenn Sie selbst keinen Garten haben?

Für alle Fälle.

Für welche Fälle? Für die Fälle, dass Ihnen zufällig ein Garten zuläuft?

Reden Sie nicht solchen Unsinn, sagt die Intendantin, heutzutage hat jeder einen guten Gärtner in petto. Jeder außer Ihnen, Madame Partitur. Versuchen Sie es, und wenn Ihr Garten dann wunderschön ist, dann lieben Sie Ihren Mann, gerade jetzt, wo er tot ist. Die Toten lassen sich ohnehin viel leichter lieben als die Lebenden. Ich war auch einmal verheiratet, sagt die Intendantin. Also rein technisch gesehen war ich nicht verheiratet. Als meine Frau und ich nämlich geheiratet haben, war das noch gar nicht erlaubt. Sie hatte mir den Antrag gemacht und wir haben dann Hochzeit gefeiert, wie Kinder Hochzeit feiern. Ein Freund von uns gab den Zeremonienmeister, wir besorgten uns wunderschöne, weiße Prinzessinnenkleider, mieteten einen Stadel, den wir für die Hochzeit dekorierten. Wir luden fast zweihundert unserer Freundinnen und Freunde ein, unsere Eltern borgten uns das Geld, sie hatten nie ein Problem damit, dass wir lesbisch waren. Wir dekorierten also den Stadel, mieteten sogar eine Kutsche. Die Hochzeit sollte so aufwändig, kitschig und klassisch wie möglich sein, wenn sie schon nur Fassade war. Dann kam der Tag, doch schon zum Frühstück brach ein riesiger Streit zwischen uns aus, weil wir uns nicht darauf einigen konnten, wer zuerst den Hochzeitssaal betreten sollte. Es war eine Winzigkeit, die immer weiter ausartete, wie ein Hurrikan wuchs und wuchs der Streit, bis schließlich die ganze Hochzeit auf der Kippe stand. Doch knapp bevor wir alles absagten, dachte ich mir: Ist dir wirklich wichtiger, wer den Hochzeitssaal zuerst betritt als mit wem du den Rest deines Lebens verbringst? Ich gab also nach, die Hochzeit fand statt und wir trennten uns erst ein halbes Jahr später, weil sie mich mit einer anderen betrog.

Und was hat das mit meinem Problem zu tun?

Mit Ihrem Problem, Madame Partitur? Nun, rein gar nichts, vermute ich, warum fragen Sie?

Warum haben Sie mir die Geschichte dann erzählt?

Weil es eine gute Geschichte ist, finden Sie nicht? Dass meine Frau und ich uns beinahe getrennt hätten, dann doch zusammengerauft haben, nur um uns dann erst recht zu trennen, aber wegen etwas ganz anderem? Das ist doch eine gute Geschichte, finden Sie nicht?

Ich streichle den Kopf von Hans Styx, um mich zu beruhigen.

Sie sind aber auch ein schwieriges Publikum, sagt die Intendantin.

Können wir zurück zu mir kommen?

Tun wir das nicht immer, Madame Partitur, tun wir das nicht immer?

Ich habe seit Tagen nicht geschlafen, sage ich.

Das ist völlig unmöglich, sagt die Intendantin und macht eine wegwerfende Handbewegung, dann wären Sie längst tot. Oder verrückt.

Ich schlafe nicht, bleibe ich hartnäckig. Im Schlaf kommt mein Mann zurück, um mir Vorhaltungen zu machen, um mich zu beschimpfen.

Hören Sie auf mit diesem Unsinn, Ihr Mann ist jetzt an einem besseren Ort.

Ich drehe die Kamera in Richtung Garten. Besser als hier, sage ich, mit seinem geliebten Garten, seinem Blick auf die Landschaft? Besser als hier, nochmals drehe ich die Kamera, mit seinen tausend Platten, mit aller Musik? Besser als hier, an dem Ort, den er selbst geschaffen hat?

Na gut, winkt die Intendantin ab, dann ist er eben nicht an einem besseren Ort, sondern nur an einem anderen.

Wie anders?

Ich weiß es nicht, denken Sie sich etwas aus. Vielleicht ist er in einem Opernhaus, das nur seine Inszenierungen spielt.

Wie grauenhaft, rutscht es aus mir heraus, das hält doch niemand aus, umgeben nur von der eigenen Phantasie.

Dann ist er vielleicht auf einer Insel, mit einem Cocktail in der Hand.

Das bezweifle ich.

Herrgott, Sie machen es einem aber auch schwer, vielleicht ist er einfach in einem Bordell und vögelt sich seinen unsterblichen Geist aus dem gestorbenen Körper, was weiß ich. Wir alle denken uns Dinge aus, um uns zu beruhigen, warum sollten Sie das nicht schaffen? Hören Sie auf meinen Ratschlag und reden Sie nicht zu viel über Ihre Trauer, das geht den Menschen auf die Nerven und dann ziehen sie sich zurück, das wäre schlecht, Sie brauchen jetzt soziale Kontakte.

Ich soll nicht über meine Gefühle reden?

Auf keinen Fall. Haben Sie denn Freunde?

Wenige.

Wie viele?

Eigentlich keine. Die haben sich zurückgezogen, als mein Mann krank wurde, haben sich ab nun ausschließlich um ihre kleinen Familien gekümmert, mich komplett abgestoßen, als wäre meine Trauer ansteckend. Jetzt rächt es sich, dass mein Mann und ich keine Kinder hatten, nur zu zweit geblieben sind.

Sehen Sie, genau das ist das Problem, sagt die Intendantin und lacht, als hätte ich etwas Aufheiterndes gesagt. Diese Gesellschaft ist nicht fürs Alleinsein gemacht, diese Zeit nicht für Menschen, die niemand neben sich haben, der sie beschützt und den sie beschützen können. Ich mache Späße, weil es mir leichtfällt, aber auch ich bin einsam, glauben Sie mir. Laden Sie neue Menschen ein, von mir aus auch Fremde, feiern Sie eine Party, besorgen Sie Spiele, etwas Lustiges, »Activity« soll ganz unterhaltsam sein. Zeigen Sie, dass der Tod Sie nicht verändert hat.

Und wenn ich das nicht kann?

Dann sind Sie verloren, so ehrlich muss man sein.

Wir trinken in Stille ein Gläschen gemeinsam, bevor die Intendantin mir zuwinkt, auf ihrer Tastatur herumklickt und ihr Bild verschwindet.

***

Ich bereite das Abendmahl für Hans Styx zu. Nachdem er gegessen hat, lege ich mich zu ihm ins Bett. Am einsamsten fühle ich mich, wenn ich an den Garten denke. Im Frühling, schon in wenigen Wochen, werden die Pflanzen zu wachsen beginnen, und mein Mann wird nicht da sein, um die nötigen Arbeiten zu erledigen. Der Garten ist immer noch sein Geschöpf, mit ihm verwachsen. Jetzt weiß ich nicht mehr, wie ich mit diesem Ort leben soll. Ihn wild vor sich hinwachsen zu sehen, zerreißt mir das Herz. Wie ein Kind, das ausbricht, sich nicht einfangen lässt. Die Erinnerung an die Gartenkunst meines Mannes lähmt mich. Ich weiß, ich müsste etwas tun, dem Garten eine Regie zuteilwerden lassen, doch ich kann nicht. Ich müsste den Garten an die veränderten Bedingungen anpassen, ihn überlebensfähig machen und an die bevorstehende Trockenheit denken, an die Hitze, die bald kommen wird, an die Unwetter, die auch heuer wieder stärker ausfallen werden. Doch ich kann nicht. Ich fahre auch nicht mehr in die Stadt, habe dort nichts mehr zu schaffen. Selbst die Spaziergänge in den ausgestorbenen Straßen, die noch erlaubt sind, deprimieren mich. Ich habe Angst, bleibe dennoch informiert, lese alles über die Krankheit, die sich weiterverbreitet, sich verändert, eine andere Gestalt annimmt, wie eine Sängerin in der Oper, aber diese Angst bleibt oberflächlich im Vergleich zu meiner Einsamkeit. Ich mache mir Sorgen um die Menschen, die früher meine Freunde gewesen sind, schaffe es aber nicht, das Telefon zur Hand zu nehmen und sie anzurufen. Beim Spazierengehen mit Hans Styx begegnen mir manchmal Menschen. Sie sehen mich erschrocken an, wenn ich ihnen auf dem Waldweg entgegenkomme, weichen mir aus, so gut es geht. Ich liege im Bett und drücke Hans Styx an mich, er gähnt und furzt, sein Gestank verstopft mir die Atemwege, aber er leistet mir Gesellschaft, auch wenn ich manchmal Angst vor ihm habe. Abends, wenn die Sonne untergegangen ist und es kalt wird in der Hütte, hat er Minuten, in denen man ihn besser alleine lässt, dann kauert er sich zusammen und wird aggressiv, wenn man sich ihm nähert, dann knurrt er, als attackierte ihn jemand, doch wenn man die Tür öffnet, um ihn nach draußen zu lassen, schreckt er vor dem Dunkel der Nacht zurück. Diese Anfälle vergehen so schnell, wie sie gekommen sind, und nach nicht einmal zwanzig Minuten ist er wieder zurückverwandelt, kommt zu mir vor den Kamin und hört mir zu, wie ich singe, obwohl ich es nicht kann, und dann heult er mit mir die alten Opernarien, voller Leidenschaft. In diesen Momenten fühle ich mich ruhig, als fiele eine Anspannung von mir ab, ein eigenartiges Gefühl, tief in mir begraben, das endlich Ruhe gibt, aufhört, mich zu belästigen.

***

So verbringen wir die Tage, bis ich krank werde.

Ich weiß nicht, wo ich mich angesteckt haben könnte.

Ich huste, habe Halsweh, dann Fieber.

Ich bin so müde, ich komme kaum mehr aus dem Bett.

Nur abends stehe ich auf und koche mir Tee.

Setze mich zu meinem Mann an den Tisch, wir trinken den Tee gemeinsam.

Dann weine ich.

Meine Wange ist feucht.

Ich sitze nicht in der Küche, ich liege im Bett.

Ich setze mich auf, das ist nicht mein Bett.

Es ist das Sofa, mein Mann schlichtet Holzscheite in den Kamin, braucht wie immer ewig, um ein Feuer zustande zu bringen.

Komm her, sage ich, und er kommt, setzt sich zu mir, legt mir den Arm um die Schulter, drückt mich nach unten, sein Gewicht auf mir. Ich bekomme keine Luft, sage ich, ich bekomme keine Luft. Schon gut, sagt er, ich auch nicht, das macht nichts, entspann dich.

Das Kaminfeuer knistert, plötzlich bin ich ganz leicht, ich drücke mich nach oben. Es ist kein Knistern, es ist das Rascheln der Zeitung neben meinem Bett, die ich versucht habe zu lesen, bevor ich einschlief. Mein Mann reicht mir die Seiten, fühlt meine Stirn, du verbrennst ja. Fühlt sich an wie Feuer. Er führt ein Glas Wasser zu meinen Lippen, ich kann nicht trinken, alles rinnt daneben. Langsam, sagt er. Siehst du, jetzt kümmere ich mich so um dich, wie du dich um mich gekümmert hast. Und wie du dich jetzt um den Garten kümmerst. Er lächelt.

Ich versuche zu nicken, er schüttet mir Wasser ins Gesicht. Legt seine Hand in meinen Nacken, zieht mich nach oben, so dass ich nach draußen sehen kann. Der Garten ist kaum wiederzuerkennen, alle Beete sind verwuchert, die Sträucher verdorrt, die Äste der Bäume abgeschnitten. Der Teich liegt brackig vor mir, das Wasser sieht schwarz aus. Alles Leben scheint aus den

Pflanzen gesogen, aus dem ganzen Grundstück. Etwas in mir bricht, ich ertrage den Anblick nicht, will mich abwenden, doch mein Mann hält meinen Kopf fest. Endlich kann ich mich befreien.

Ich drehe mich zur Seite, meine Augen sind feucht, ich weine.

Nein, ich weine nicht.

Hans Styx hat mir über das Gesicht geleckt.

Ich komme mir vor wie ein anderer Mensch.

Was hat der Jugendliche im Park gesagt? Sie haben alles angehalten. Und jetzt verändern sie uns. Und dann werden sie tun, als wäre nichts von alledem passiert. Nur wir werden andere sein. Ich lache mit ihm, sitze vor dem Park, blicke aufs Opernhaus.

Es dauert ewig, bis ich mich ins Leben zurückkämpfe.

Zweiter Akt

Frühling

Ich fahre mit dem Auto, schneller als je zuvor, eine Hand am Lenkrad, das Radio laut aufgedreht, neben mir eine Kiste Bier, auf den Straßen niemand, weswegen ich das Gaspedal durchtrete, die schlechte Stimmung der letzten Wochen wegrase, die Nachwirkungen der Krankheit, die ungewünschten Erinnerungen. Ich kurble das Fenster runter und singe mit. Irgendein Popsong, dessen zwei Zeilen sich mir sofort in die Ohren und ins Gehirn drängen. Alles, nur keine Oper. Ich nehme einen Schluck, dann werfe ich die Bierdose auf den Rücksitz. Ich singe und trinke aus einer neuen Dose, dann fliegt auch die nach hinten. Ich singe lauter und trinke alle Dosen leer.

So halte ich es seit einiger Zeit.

Ich setze mich ins Auto und fahre los, auf den Straßen ist niemand unterwegs, hier verschwindet die Angst.

Im Garten erwacht längst alles zum Leben, aber ich weiß nicht, wie ich damit umgehen soll, mit all dem unbändigen Leben. Die Frühblüher kamen zuerst, Vorboten dessen, was mich noch erwartet. Die Schneeglöckchen und Krokusse, die mein Mann über das ganze Grundstück verteilt gesetzt hat und die sich vermehren, völlig unerwartet. Überall drücken die grünen Köpfe aus dem Boden, recken sich aus dem Erdreich. Etwas später dann wurde es auch rundherum grün, der Salbei mit ersten neuen Blättern, die Bäume, deren Kronen langsam dichter wurden.

Was noch vor wenigen Wochen tot vor mir gelegen ist, bräuchte nun meine Aufmerksamkeit und Pflege, doch die kann ich dem Garten nicht geben, ich weiß zu wenig, bin mit dem Kopf nicht dabei. Wenn ich es nicht mit einem Dschungel zu tun bekommen will, muss ich handeln, bevor die Pflanzen nach dem langen Winter alle wieder aus der Erde kommen.

Ich setze mich stattdessen ins Auto und fahre los.

Singe, so laut ich kann.

Die Straße führt ein Wildreservat entlang, das der Bürgermeister angelegt hat. Ich sehe die Hirsche von Weitem. Wie sie zusammenstehen. Mich neugierig beobachten. Das laute Ding, das neben ihnen entlangrast. Ob sie die Farbe des Autos schon wiedererkennen, das Geräusch? Dann wird die Straße zu einem Feldweg, doch hier gebe ich noch mehr Gas. Niemand kommt mir entgegen, keine Spaziergänger, keine unsäglichen Mountainbiker, schon gar keine anderen Autos. Hans Styx hält seinen Kopf aus dem Fenster. Und wie es auch unser alter Hund getan hat und jeder gute Hund tut, streckt er die Zunge raus und genießt den Fahrtwind, schnappt zu, als würde er die Luft beißen. Und ebenso wie unser alter Hund liebt er es, wenn ich das Radio noch lauter aufdrehe, er jault mit, denn er versteht, was Musik ist.

Das mache ich jeden Tag, sonst habe ich wenig zu tun.

Ich mache gute Miene zum bösen Spiel, aber eigentlich fahre ich nur deshalb mit dem Auto herum, weil ich Ruhe gerade nicht aushalte. Ich weiß nicht, wohin ich mich bewegen soll, in welche Richtung ich gehen will, darum fahre ich im Kreis, immer und immer wieder. Um das zu verstehen, brauche ich keine Psychologin und schon gar keine Opernintendantin, vielen Dank, aber Ruhe heißt Stillstand und Stillstand heißt etwas, für das ich noch lange nicht bereit bin. Im Stillstand kommen vor allem die Bilder zurück, an die letzten Tage, Erinnerungen platzen auf wie Ballons, und das schreckt mich.

Vorwürfe meines Mannes.

Ich greife nach meinem Telefon, aktiviere die Kamera und klicke auf das Foto der Intendantin, um die Verbindung zu starten.

Meist stellt sie jetzt Bilder ihrer eigenen Inszenierungen als Hintergrund ein. So auch heute. »Die Zauberflöte«? Ich erkenne die Szenerie nicht genau, weil ich das Telefon bei voller Geschwindigkeit vor mein Gesicht halten und gleichzeitig den Feldweg im Auge behalten muss.

Erschrecken Sie wieder die Hirsche?, fragt die Intendantin.

Schwupp, die Polizei hat's nicht geseh'n, singe ich.

Das macht Spaß.

Ich geb Gas, ich geb Gas.

Sie klickt herum, wechselt von der »Zauberflöte« zu irgendeiner Inszenierung, bei der ich das Stück nicht mehr erkennen kann. Die Intendantin hat jetzt weniger Zeit für mich als noch vor einigen Wochen. Langsam wie mein Garten erwacht nämlich auch die Oper wieder zum Leben. Noch dürfen keine Vorstellungen stattfinden, die Menschen sitzen zwar in den Restaurants wieder beieinander, aber ein gemeinsamer Opernbesuch ist noch zu gefährlich. Allerdings haben die Proben in voller Stärke begonnen. Mit Maske und Abstand zwar, es sind seltsame Bilder, die die Intendantin mir schickt, ein Anfang ist dennoch gemacht. Eine Kostümbildnerin hat Kleider für die kommende Premiere entworfen, mit Reifröcken, mehrere Meter breit, so kommt niemand in Versuchung, den Mindestabstand zu unterbieten. Ich habe mir in Absprache mit der Intendantin eine Auszeit genommen. Bei den Proben werde ich nicht gebraucht, im Moment bereitet man neben der Premiere nur einige Konzerte vor, die Sängerinnen und Sänger haben Notenpulte vor sich.

Ersetzt durch ein Notenpult, das ist mein Schicksal.

Es fühlt sich richtig an, dass ich nicht mehr beteiligt bin, dass die Oper ohne mich zu diesem Zustand erwacht, den die Intendantin Leben nennt. Ich will das Ergebnis nicht sehen und kann es doch kaum erwarten, einen Blick darauf zu werfen. Wie ein Autounfall, denke ich und drücke auf das Gaspedal.

Ich habe Angst davor, was aus meiner Oper geworden ist.

Ich habe Angst vor den Zuckungen ihres Körpers, Angst vor der Enttäuschung.

Ich werde die Aufführungen besuchen, aber nur als Zuseherin.

Und was machen Sie so, fragt die Intendantin, ohne Ihre Opernfamilie?

Ich habe auf Ihre Empfehlung gehört, sage ich, ich bin jetzt Ziegenhirtin.

Das habe ich Ihnen empfohlen? Ich muss temporär unzurechnungsfähig gewesen sein, sagt die Intendantin. Wenn ich so etwas nochmal vorschlage, lassen Sie mich einweisen, warten Sie keine Sekunde zu lange zu.

In das Heim für wahnsinnige Opernintendantinnen? Kein Platz mehr frei.

Ziegenhirtin also, sagt die Intendantin, weshalb überrascht mich das nicht?

Eine Frau in der Umgebung hatte in den letzten Jahren einen kleinen Zoo aufgebaut, mit dem sie die Altersheime und Pflegeanstalten der Gegend abfuhr, um mit den Tieren die alten Menschen abzulenken, ihnen etwas Wärme zu schenken. Sie züchtete Meerschweinchen und Hasen, aber auch Größeres, Ziegen und Schafe. Einmal die Woche lud sie die Tiere in einen kleinen Transporter und brachte sie zu den alten Menschen, legte den Damen und Herren eine Decke auf den Schoß und teilte ihnen ein Tier zu. Ich mache mir nichts aus Tieren, nur Hans Styx ist mir ans Herz gewachsen, aber die Vorstellung berührt mich: Kleine Wesen, die aussortierten Menschen vor ihrem Tod noch etwas Freude spenden. Und jetzt sind diese Tiere selbst nutzlos geworden, seit der Pandemie dürfen sie nicht mehr zu Besuch, und die Frau, die den Zoo betreut, sucht ihrerseits Freiwillige, die die Tiere besuchen, damit diese nicht zu einsam werden. Die Menschen übernehmen jetzt für die Tiere die Aufgabe, die die Tiere bisher für die Menschen übernahmen, dieser Gedanke gefällt mir.

Alles Unnütze zieht mich an.

Das ist kein Selbstmitleid, nur Beobachtungsgabe.

Ich besuche die Tiere regelmäßig.

Ich habe mich mit einer Ziege angefreundet, sage ich zur Intendantin. Ein störrisches Tier. Ihnen nicht unähnlich. Früher war sie ein Liebling der alten Damen, sagte mir die Zoobetreuerin, doch jetzt ist sie einsam geworden und seltsam. Niemanden lässt sie an sich heran, und das mag ich. Hans Styx ist eifersüchtig, ich kann ihn nicht mitnehmen, wenn ich die Ziege besuche.

Sie sollten sich Freunde suchen, sagt die Intendantin, das habe ich Ihnen empfohlen. Ich bin nicht sicher, ob ich Ziegen damit meinte.

Besser als nichts.

Wollen Sie nicht doch zu den Proben kommen?, fragt die Intendantin. Menschen wiedersehen, statt immer nur Ziegen?

Auf keinen Fall.

Das verstehe ich, sagt die Intendantin, die Entscheidung fühlt sich auch für mich richtig an.

Warum fragen Sie dann?

Die Pause tut Ihnen gut, Madame Partitur.

Woher wollen Sie das wissen?

Ich weiß es einfach.

Sie sind also nicht nur Psychologin, sondern auch Hellseherin.

Habe ich nicht recht?

Die Intendantin hat recht, aber dennoch ist da eine Erbse, die durch meine dicke Matratze drückt, ein dunkler Fleck, den ich ignorieren muss. Hans Styx bellt, leckt mir über die rechte Hand, sein Kopf erscheint im Videobild.

Sie wissen, Madame Partitur, Hunde sind in der Oper verboten, sagt die Intendantin. Außer es sind Bühnentiere, aber auch dann ist Vorsicht geboten. Tiere und Kinder, gegen die kommt keine Sängerin an. Vor Jahren, da habe ich den »Ring des Nibelungen« inszeniert, an der Oper in Los Angeles. Im Siegfried musste ich eine Lösung für den Drachen finden, den Siegfried erschlägt. Und weil Wagner immer so monumental ist, so humorlos, steckte ich einfach einen Mops in ein Drachenkostüm, ein kleines, grünes Ding aus Leder. Sie behaupten ja immer, die heutigen Regisseure hätten keinen Humor, aber mein kleiner Mopsdrache, der war ein Brüller in dieser Wagnerdüsterwelt. Hat natürlich trotzdem nicht geklappt, das amerikanische Publikum hat gebuht, ich hatte Angst, mit einer Polizeieskorte aus der Stadt fliehen zu müssen. Wer ist jetzt humorlos? Nun ja, der Hundedrache wurde von der Intendanz aus der Inszenierung entfernt, ich habe geklagt, die Inszenierung lief dann unter einem erfundenen Namen, weil ich darauf bestand, dass meiner nicht mehr genannt wurde. Joyce MacDonaghan, so oder so ähnlich hieß ich dann.

Warum erzählen Sie mir das, Frau Intendantin?

Weil es eine gute Geschichte ist, Madame Partitur. Und weil die Geschichte eine schöne Lektion für Sie bereithält.

Nie den Humor verlieren?

Hunde sind die besseren Drachen.

***

Ich lenke den Wagen über die Holzbrücke, das Tauwetter hat den Bach etwas anschwellen lassen, der darunter hindurchfließt, öffne das Tor. Hans Styx springt aus dem Fenster, läuft voraus. Ich rufe ihm hinterher, er läuft auf den Teich zu, bellt aufgeregt. Vermutlich wieder eine Kröte oder eine Schlange, der er nachjagt. Ich laufe Hans Styx hinterher, da höre ich plötzlich einen lauten Platsch im Wasser, ich rufe Hans Styx' Name, der Hund soll nicht in den Teich, das ist schlecht für die Wasserqualität, die Worte meines Mannes in meinem Kopf.

Ich rufe noch einmal, laufe ihm nach.

Mein Mann stemmt sich aus dem Wasser, steigt auf den Steg.

Ich schrecke zurück, bleibe stehen.

Ein Mann stemmt sich aus dem Wasser, steigt auf den Steg.

Ein fremder Mann, nicht meiner.

Ein Riese, bekleidet nur mit einer weißen Unterhose.

Er steht auf dem Steg, wischt sich mit einer schnellen Bewegung das Wasser vom Oberkörper, den Beinen. Er schüttelt sein dichtes, schwarzes Haar, bemerkt mich, winkt, als würden wir einander kennen.

Hans Styx bellt, aber nicht aggressiv, mehr ein unsicheres Willkommensbellen. Er drückt den Bauch gegen den Boden, wie er es immer tut, wenn er unsicher ist, und robbt langsam auf den Mann zu.

Runter von meinem Grundstück, brülle ich.

Es war so heiß, ruft der Mann, als hätte er mich nicht gehört, da habe mir eine Abkühlung gegönnt.

Verschwinden Sie, rufe ich und halte mein Telefon hoch, oder ich rufe die Polizei.

Man hat mich geschickt, um Ihnen zu helfen, ruft er und kommt auf mich zu.

Ich brauche keine Hilfe, verschwinden Sie.

Ihr Garten ist völlig überwuchert, sagt er, und das so früh im Jahr. Er deutet auf das Grundstück, als wäre das eine Rechtfertigung. Sie brauchen Hilfe, sagt er und betont jedes Wort, deswegen wurde ich geschickt.

Ich bleibe in einigem Abstand stehen, das Telefon in der Hand, für alle Fälle.

Die Intendantin muss ihm meine Adresse gegeben haben.

Ihr Garten sieht aus wie Hiroshima, sagt der Gärtner. Hiroshima wenige Minuten nach dem Abwurf der Bombe, nicht Hiroshima heute, nur damit wir uns richtig verstehen. Sie müssen ihn in Ordnung bringen. Dieses Chaos bringt sonst Ihr Gehirn durcheinander. Man hat mich geschickt, wiederholt er, als wäre ich schwer von Begriff. Ich bin an Ihrem Grundstück vorbeigefahren und habe mir gedacht: Schau dir die Arbeit einmal an.

Schauen ist eine Tätigkeit, die man mit den Augen ausführt, sage ich. Was Sie tun, das nennt sich Schwimmen, nur damit Sie die beiden Tätigkeiten in Zukunft nicht wieder verwechseln.

Es war so heiß, ich musste einfach ins Wasser.

Es hat kaum zwanzig Grad.

Er sieht mich an, als verstünde er nicht, worauf ich hinausmöchte.

Der Boden des Gartens ist im Frühjahr so feucht, dass seine Füße im Schlamm versinken, als er vor mir steht, seine Zehen sind kleine braune Trauben, seine Unterschenkel vollgespritzt mit Erde.

Ich habe nichts kaputtgemacht, sagt er, keine Sorge, ich habe mich sogar mit dem Gartenschlauch abgeduscht, bevor ich in den Teich gestiegen bin, damit kein Aftershave ins Wasser kommt und das empfindliche Gleichgewicht stört. Sie sehen, ich habe meine Hausaufgaben gemacht, dabei sind Schwimmteiche nicht einmal meine Spezialität.

Was ist denn Ihre Spezialität?

Baumschnitt, sagt er, als müsse er die Frage jeden Tag fünfmal beantworten. Und Gräser. Gräser kann ich besonders gut.

Seine Unterwäsche ist feucht und durchsichtig.

Plötzlich wird er rot, wie ein kleiner Junge, und das gefällt mir. Seit dem Tod meines Mannes ist niemand mehr rot geworden in meiner Gegenwart.

Ich schweige und genieße seine Unsicherheit, betrachte seinen Körper. Groß und muskulös ist er, kein Gramm Fett am Leib. Eigenartiges Fleisch, faszinierende Haut. Unzählige Narben, manchmal nur hellrote Linien, dann dicke Wulste. Sie ziehen sich über Arme und Beine, über den Oberkörper. Eine Narbe führte sein Brustbein entlang, vertikal, als hätte man ihn aufgeschnitten, zusammengesetzt. Eine Herzoperation?

Sie haben nicht angekündigt, sagt er, dass Sie einen Teich haben, das ist natürlich viel mehr Arbeit. Aber auch schön, es reizt mich.

Ich habe gar nichts angekündigt, wenn ich mich recht erinnere.

Er legt den Kopf schief, als vertraue er mir nicht.

Hans Styx hat sich langsam genähert, sich am Boden entlang zum Gärtner gedrückt. Der hält ihm die Hand hin, Hans Styx ist unsicher, bellt, knurrt, winselt. Dann riecht er an der Hand, zögert, schnuppert noch einmal, beginnt freudig zu jaulen. Jetzt leckt er den Unterschenkel des Gärtners, wedelt aufgeregt mit dem Schwanz.

Wollen wir über das Geschäftliche reden?, fragt der Gärtner.

Ich bitte ihn zur Hütte.

Hans Styx vertraut ihm, ich gebe ihm eine Chance.

Bevor er die Hütte betritt, setzt er eine Gesichtsmaske auf. Er ist vorsichtig, das gefällt mir. Ich habe meine nicht dabei, bin menschlichen Kontakt nicht mehr gewohnt, bleibe erstmal in der Tür stehen. In der Hütte ist alles zugemüllt, überall liegen Zettel, alte Regiebücher, Partituren. Mein Mann wollte seine Umgebung immer aufgeräumt haben, ich durfte nicht einmal ein Buch schräg zur Tischkante legen, das hätte er nie erlaubt. Aber so vermüllt wie jetzt ist die Hütte ein Wunderding, das jeden Tag Überraschungen für mich bereithält. Mit der Intendantin habe ich Archivarbeit vereinbart, während ich freigestellt bin. Ich soll zum runden Geburtstag des Opernhauses einen Prachtband herausgeben, dazu habe ich kistenweise ungeordnetes Fotomaterial, alte Plakate und Besetzungszettel mit nach Hause genommen. Niemand hat sich je um dieses Archiv gekümmert. Langweilige Arbeit, aber ich kann sie ausführen, ohne durch die Anwesenheit meiner schlechten Einstellung die Probenarbeit zu gefährden, wie die Intendantin es ausdrückt.

Hier sollte man einmal aufräumen, sagt der Gärtner, ich kann das gerne für Sie übernehmen. Er beginnt, Zettel zu sammeln, aufeinanderzustapeln.

Bitte nicht, sage ich, mache einen Schritt in die Hütte und nehme ihm die Unterlagen aus der Hand.

Der Gärtner streicht Hans Styx über seinen Kopf, krault ihn

am Hals, wie er es mag, wie unser alter Hund es mochte. Ich würde dir ja ein Leckerli geben, sagt er, aber die habe ich gerade nicht dabei, die sind in meiner Jackentasche. Ein Schweineohr. Aber du siehst, ich bin quasi nackt. Jeder Hund mag doch Schweineohren, habe ich recht, zumindest hätte ich noch keinen getroffen, auf den das nicht zutrifft.

Hans Styx mag eigentlich keine Fremden, er bellt auf der Straße, wenn er unerwarteterweise einmal andere Menschen zu Gesicht bekommt, ist nur meine Gegenwart gewohnt, doch den Gärtner scheint er zu dulden.

Wie sind Sie hergekommen?, frage ich. Zu Fuß?

Mit meinem Jeep.

Ich habe keinen Jeep gesehen.

Ich habe ihn etwas die Straße hoch geparkt, ich wusste nicht genau, wo sich Ihr Grundstück befindet, die Hausnummer war nicht zu finden.

Wo ist Ihre Kleidung?

Die liegt zum Trocknen draußen auf dem Steg, ich war komplett verschwitzt, musste ins Wasser.

Ich betrachte seinen Körper.

Will, dass er wieder rot wird.

Die Narben.

Die verschränkten Hände im Schritt.

Warten Sie einen Moment, sage ich aus Selbstschutz.

Ich hole Kleidung meines Mannes aus dem Schlafzimmer, lege sie ihm auf einem Stuhl bereit. Er zieht seine nasse Unterhose aus, mit völliger Selbstverständlichkeit. Nackt bleibt er vor mir stehen und streckt mir die Arme entgegen, wartet offenbar darauf, dass ich ihm die Kleidungsstücke reiche, wie eine Mutter ihrem Kind. Über sein Schambein zieht sich eine weitere Narbe, diese sieht frisch aus, die Farbe noch hell, nicht zugewachsen vom dunklen Schamhaar. Er zögert eine Sekunde, zieht dann die Unterhose an, die Hose, schließlich das Hemd.

Ich will etwas sagen, doch ich kann nicht.

Hätte ich gewusst, was der Anblick in mir auslöst, hätte ich die Kleidung nicht geholt.

Mein Gehirn blockiert meine Stimme.

Es ist das erste Mal, dass jemand anders die Kleidung meines Mannes trägt.

Ich komme morgen vorbei, sagt der Gärtner, und fange mit der Arbeit an.

Ich öffne den Mund.

In Ordnung?

Wir haben nicht einmal einen Preis verhandelt, bekomme ich heraus.

Sie haben wenig Alternativen, sagt er. Die Gärtner in der Gegend sind auf Monate ausgebucht, und ich bin nicht teurer als die. Vermutlich sogar billiger, das können wir so regeln, wenn Sie wollen. Ich komme morgen vorbei und Sie können jederzeit stoppen, sobald der Garten Ihren Ansprüchen genügt, dann höre ich sofort auf und wir rechnen ab, in Ordnung? Ich muss nichts komplett neu machen, die meisten Pflanzen leben noch, man muss sich nur ein wenig um sie kümmern, zurückschneiden, das Unkraut jäten, ihnen Platz schaffen zum Atmen, vielleicht Düngen.

Er streckt mir die Faust entgegen.

Ich willige ein, indem ich mit meiner Faust gegen seine boxe.

***

Als der Gärtner gegangen ist, koche ich Essen für Hans Styx und mich, es verbrennt auf der Herdplatte, Rauch in der ganzen Hütte.

Ich reiße die Fenster auf, fange von vorne an.

Der Gärtner ist nicht nur der erste Mann, der die Kleidung meines toten Mannes trägt. Er ist der erste Mensch, der seit dem Tod meines Mannes diese Hütte betreten hat. Der erste Mensch, der außer meinem Mann und mir überhaupt je diese Hütte betreten hat. Wir sprachen nie darüber, aber mein Mann und ich, wir wollten hier keine Gäste, wir richteten keine Feiern aus, luden keine Menschenseele jemals zu uns ein, behielten diesen Ort nur für uns. Jetzt ist es, als wäre ein Geist durch die Räume gestrichen, als hinge der Duft des Gärtners noch in der Luft.

Fühlst du nicht, wie
ihr süßer Duft durchdringet
Luft und Seele?

So heißt es in »Turandot« über die Prinzessin.

Es fühlt sich eigenartig an, in diesem Raum zu sein.

Ich muss mich beschäftigen, esse gemeinsam mit Hans Styx, mache mich dann an die Arbeit.

Ich nehme Archivmaterial zur Hand. Verbringe meinen Abend mit jener Vergangenheit, von der mein Mann und ich ein Teil gewesen sind. Sein Name taucht in vielen Publikationen auf, meiner in keiner einzigen, doch das stört mich nicht. Stattdessen stolpere ich hin und wieder über Aufnahmen meiner Mutter. Zahlreiche Aufführungen werden in meinem Kopf wieder lebendig. Die, die ich selbst gesehen und längst vergessen habe, aber auch die, die lange vor meiner Zeit ins Bühnenlicht gekommen waren und die ich mir nun in meinem Kopf vorstelle.

Ich setze mich an den Tisch und fange an zu stöbern.

Nur in diesen Momenten kann ich in völliger Sicherheit an meinen Mann denken. Ich lese seinen Namen wie den der anderen Regisseure, deren Inszenierungen ich gesehen habe. Ich kann mir seine Arbeit vergegenwärtigen, seine Aufführungen in meinem Kopf lebendig werden lassen. Manchmal schweife ich ab, sehe ganze Inszenierungen vollständig vor mir, dann lege ich die dazugehörige Platte auf, stelle mir die Gänge vor, die er inszenierte, die Blicke und Berührungen der Sängerinnen und Sänger. Und dann sehe ich ihn vor mir, wie er hinter dem Regiepult sitzt, wie er arbeitet, manchmal aufgeregt nach vorne läuft, zum Orchestergraben, und Anweisungen auf die Bühne brüllt, dann wieder in seinem Sitz versinkt, nur zusieht, stundenlang kein Wort von sich gibt. Dann blättere ich die Probenaufzeichnungen durch, die Programmhefte, Besetzungszettel. Mein zweites Ich meldet sich nicht zu Wort, lässt diese Erinnerungen zu, weil es offizielle sind, von vielen Menschen geteilt, den Zuseherinnen und Zusehern aller Aufführungen, die sich noch daran erinnern.

Weil es nicht nur meine Erinnerungen sind.

Die mich beißen.

***

Am ersten Tag schneidet der Gärtner den Sommerflieder zurück.

Er zeigt es mir, man muss ihn radikal zurückschneiden, knapp über dem verholzten Teil der Äste.

Aber dann bleibt ja kaum mehr etwas über?

Das macht nichts, der kommt zurück, keine Sorge, der wird schon im Juli wieder größer sein als Sie.

Schmetterlingsheroin, so nannte mein Mann das Gewächs immer, weil der Flieder voller Insekten war, der Geruch zog sie magisch an.

Der Gärtner schneidet auch den Lavendel zurück und den Salbei, die dunklen Stellen, die nach dem Winter so traurig aussehen, das ist das Erste, was er macht, es kostet ihn den ganzen Tag, alle Pflanzen zurechtzustutzen.

Ich beobachte ihn, sitze auf der Veranda, meine Unterlagen vor mir, doch zum Arbeiten komme ich nicht. Er trägt einen grünen Arbeitsoverall, das Werkzeug in den Taschen an den Oberschenkeln.

Er sieht aus, als wisse er, was er tut.

Hans Styx immer an seiner Seite, manchmal schnappt er sich einen eben abgeschnittenen Ast, animiert den Gärtner zum Spiel, der wirft den Ast, lässt Hans Styx ein paar Mal apportieren, wendet sich dann wieder der Arbeit zu. Die beiden verstehen sich wortlos, essen gemeinsam zu Mittag, der Gärtner gibt dem Hund von seinem Essen ab, ohne mich zu fragen, fischt eines der versprochenen Schweineohren aus der Tasche, hält es Hans Styx als Nachmittagsjause hin. Dann macht er sich wieder an die Arbeit, schneidet einige tote Äste aus den Baumwipfeln, sammelt das Schnittgut hinter der Hütte, hackt die großen Äste mit einer Axt klein.

Ich lasse ihn seine Arbeit tun, aber niemals unbeobachtet.

Am Nachmittag bringe ich ihm Kaffee, ein Stück Kuchen.

Selbstgebacken?

Seien Sie nicht albern, ich habe in meinem Leben noch keinen Kuchen gebacken. Das ist Kuchen aus dem Supermarkt, aber immerhin der teure.

Es wird Abend.

Noch kühlt es ab, sobald die Sonne hinter dem Hügel verschwindet.

Er zeigt mir die Fortschritte, gemeinsam gehen wir über das Grundstück.

Das Schnittgut bringe ich morgen weg, sagt er, es ist schon spät.

Wir stehen vor dem Teich, in dem er geschwommen ist.

Beeindruckend, was Sie hier geschaffen habt, sagt er. Ringsum nur Wald, Wiesen und Äcker. Und hier? Eine kleine Oase.

Das war alles mein Mann, sage ich. Kein wir, nur er.

Der Gärtner wiegt den Kopf hin und her, gibt einen eigenartigen Summton von sich, während er die Zehen ins Wasser hält. Der Garten ist eine Komposition, sagt er schließlich, Ihr Mann hat bewusst ausgewählt, auch wenn man das auf den ersten Blick nicht sofort erkennt, er hat zusammengestellt, Pflanzen aufeinander folgen lassen. Das muss nur wiederhergestellt werden.

Dann sind Sie der Dirigent, sage ich, der die Partitur meines Mannes lebendig werden lässt?

Ich mag solche Vergleiche nicht, sagt er, als hätte er nicht selbst damit begonnen. Ich bin einfach nur ein Gärtner.

Er schläft draußen.

Fährt mit seinem Jeep auf das Grundstück.

Ein altes Militärzelt, das er neben dem Jeep im Boden verankert, mit Seilen auch am Auto festbindet. Es hat ein kleines Vordach, unter dem er einen Campingkocher aufbaut. Sobald die Sonne vollständig hinter dem Hügel verschwunden ist, der sich auf der Rückseite der Hütte aufwölbt, sinkt die Temperatur rapide. Eisgraben nennen die Einheimischen das Tal aus gutem Grund. Ich habe ein schlechtes Gewissen, weil ich ihn vor der Tür schlafen lasse, doch selbst Hans Styx durfte nicht nach drinnen, als er damals bei mir auftauchte. Ich habe ein ungutes Gefühl, dass er die Nacht überhaupt hier verbringt, auf meinem Grundstück, nicht in sein Zuhause fährt.

Das zahlt sich nicht aus, sagt er, die lange Fahrt, so kann ich morgen früh gleich mit der Arbeit beginnen.

Es erscheint mir übergriffig.

Doch wie soll ich ihn des Grunds verweisen, das bringe ich nicht über mich.

Ich stelle ihm Essen auf den Campingtisch und frage ihn, ob er eine Decke braucht, doch er ist ausgestattet, hat alles in seinem Jeep dabei.

Ich schaue aus der Hütte in seine Richtung.

Er wärmt das Essen in einem Campingkocher, Hans Styx wieder an seiner Seite. Ich rufe den Hund, klappere mit seinem Napf, doch er kommt nicht angelaufen wie sonst, bleibt unter dem Vordach des Jeeps liegen.

Ich habe jetzt einen Gärtner, was sagt man dazu?

***

Am nächsten Morgen wache ich auf und habe ihn für eine Sekunde vergessen.

Als ich die Tür öffne, erschrecke ich.

Hans Styx bellt, springt mir entgegen, die Vorderpfoten auf die Brust.

Der Gärtner hat Frühstück für mich vorbereitet, ist früh morgens in die nächste Ortschaft gefahren, um Gebäck zu kaufen, Milch. Auf seinem Campingkocher hat er Eier gebraten, etwas Speck. Die Geste rührt mich, seit dem Tod meines Mannes hat niemand mehr für mich Frühstück zubereitet. Ich bringe Geschirr aus der Küche, um die Speisen anzurichten.

Die Spiegeleier schmecken wie die meines Mannes.

Das Geheimnis ist, sagt er, sie ganz langsam zu braten, bei geringer Temperatur. Zehn Minuten, so lange brauchen sie, bis sie perfekt sind. Das habe ich in einer alten Fernsehsendung gesehen. Die meisten Menschen glauben, Spiegeleier müssten knusprig sein. Das ist ein Fehler.

Wir essen gemeinsam, ohne viel zu sprechen.

Er hilft mir, das Geschirr abzuwaschen, dann macht er sich an seine eigentliche Arbeit.

Er vernichtet alles Unkraut, was ihn mehrere Tage kostet.

Er rodet die Brombeerhecken, die sich im hinteren Teil des Gartens ausgebreitet haben, die schneller wachsen als alles andere auf dem Grund. Kommt mit seinem Anhänger und Handschuhen, die ihm bis zur Schulter reichen, und transportiert das abgeschnittene Grün weg. Entfernt Blätter und Pflanzenreste aus den Blumenbeeten, bedeckt die Erde mit einer Pflanzenfaser, die dunkel ist und schön aussieht, wie frische, schwarze Erde. Die Faser speichert Wasser, sagt er, schützt und düngt den Boden, gibt ihm neue Kraft, neues Leben. Er befreit den Zaun um das Grundstück von Brennnesseln, zieht überall Schlingpflanzen aus dem Boden, die angeblich die Wiese ersticken.

Er kümmert sich auch um den Teich.

Mit einem Kescher fischt er Algen heraus, besorgt einen Bodensauger, mit dem er Sediment aufsaugt. Die abgestorbenen Pflanzenteile schneidet er zurück, schleppt Flusskiesel in Säcken an und verteilt ihn an den Stellen, an denen Hans Styx die Steine nach unten getreten und das Grün der Teichfolie freigelegt hat.

Wir sprechen nie über die Kosten, die entstehen, auch wenn ich mir Sorgen mache, weil er nun schon einige Wochen im Garten arbeitet.

Ich genieße seine Anwesenheit auf dem Grundstück.

Es fühlt sich vertraut an, und auch wenn mich diese Vertrautheit verunsichert, ist sie doch kein gänzlich schlechtes Gefühl, gibt meinem Körper eine eigenartige Ruhe. Wie damals, nach dem Tod meiner Mutter, als ich meinen Mann kennenlernte und die Albträume aufhörten, in denen meine Mutter mich nicht losließ, ewig mit mir sprach.

Endlich ein anderer Mensch.

Ein Mensch, dessen ganzes Gesicht ich sehen kann, seinen Mund, seine Narben, die alle eine Geschichte erzählen, auch wenn ich nicht weiß, welche.

Ich erfinde sie mir selbst, denke mir die Hintergründe für die Narben aus.

Ein Unfall bei der Arbeit, der seine Haut aufriss.

Eine ernstzunehmende Erkrankung, die mehrere Operationen notwendig machte.

Ein Autounfall, den er schwer verletzt überlebte.

Ich frage ihn nach den Narben, doch er lächelt nur, verrät mir ihre Geschichte nicht, und so erzähle ich mir meine eigenen einfach weiter.

Ich erzähle Geschichten, wie die Intendantin.

Irgendwann erinnere ich mich an das Gartenbuch, das mein Mann damals angelegt hat, seine Notizen zu den Pflanzen, seine Pläne für den Grund. Ich öffne die Luke zum Dachboden, finde das gebundene Büchlein sofort, wische den Staub ab, wickle das Lederband ab, schlage die Seiten jedoch nicht auf. Ich zeige das Buch dem Gärtner, erkläre ihm seine Entstehung. Der Gärtner blättert durch das Buch, dann hält er es mir wieder entgegen.

Das brauche ich nicht, sagt er.

Wollen Sie nicht wissen, was mein Mann gedacht hat?

Das weiß ich doch bereits, sagt er, das ist alles schon hier. Er klopft mit einem Finger gegen seine Stirn.

***

Nach getaner Arbeit schwimmt er stets im Teich, ich beobachte ihn dabei.

Wollen Sie sich nicht auch abkühlen?

Ich schüttle den Kopf, mir ist es noch zu kalt.

Bis ich mich an einem ungewöhnlich warmen Abend doch überreden lasse, meinen alten Badeanzug hervorkrame und ins Wasser steige.

Er streicht mit seinen rauen Händen über die Sprossen der Leiter, die ins Wasser führt, wischt die glitschige Schicht Algen weg, auf der man leicht ausrutscht, und reicht mir die Hand. Ich winke ab, lasse mich rücklinks in den Teich fallen, das Wasser schwappt über mir zusammen, schluckt mich für eine Sekunde.

Als ich auftauche, ist der Gärtner ganz nah neben mir.

Ein richtiges Paradies haben Sie hier, sagt er.

Nur echt mit Schlange, sage ich und deute auf die Natter, die am Rand des Teichs auf einem heißen Stein liegt.

Er schrickt auf, als er das Tier sieht, rudert mit den Armen und schluckt etwas Wasser, als er auf dem rutschigen Boden keinen Halt findet. Die Schlange schwimmt neugierig auf ihn zu. Der Gärtner schnappt sich das Tier am Kopf, greift das Schwanzende mit der anderen Hand, schlägt die Schlange mit schnellen Bewegungen mehrmals gegen den Stein, bis sie tot in seiner Hand hängt, dann wirft er sie weit weg, zwischen die Büsche, die das Grundstück begrenzen. Er ist außer Atem, verschreckt.

Das Wasser ist eiskalt.

Habe ich Ihnen Angst gemacht?

Ich schüttle den Kopf, ziehe mich auf den Steg und wickle mich in mein Handtuch.

Ich wollte Ihnen keine Angst machen, sagt er, doch ich hasse Schlangen.

Hat ein Gärtner nicht öfter mit Schlangen zu tun?

Ich schlage sie immer tot.

Ich stehe auf, schlüpfe in meine Badeschuhe, wische mir die Haare trocken.

Schockiert Sie das?, fragt er. Schlangen sind die einzigen Tiere, die ich nicht ausstehen kann. Gott hat sie bestraft, für ihren Beitrag an der Sünde.

Sie glauben an Gott?

Ich glaube an die Sünde, sagt er.

Ich laufe zur Hütte, lasse mich auf den Korbstuhl fallen, drehe den Sonnenschirm so, dass mein Körper in der Abendsonne, mein Gesicht jedoch im Schatten ist.

Ich hoffe wirklich, ich habe Sie nicht zu sehr verschreckt, ruft mir der Gärtner vom Steg aus zu. Er ist nackt, schrubbt seinen Körper mit Kräutern, die er mit einer Hand aus dem Beet reißt. Besser als jede Seife, sagt er, als ich ihn verwundert ansehe.

Ich weiß, das hat mein Mann auch immer gemacht.

Ihr Mann war ein kluger Mensch.

Seitdem der Gärtner hier ist, denke ich mit weniger Angst an meinen Mann. Was er ähnlich macht wie er, was anders.

Gemeinsamkeiten.

Unterschiede.

Wie er die Zunge beim Arbeiten zwischen den Lippen heraushängen lässt. Eine Gemeinsamkeit.

Wie er grobe Arbeiten schnell macht, dann die Details.

Ein Unterschied.

Wie er den Nacken in der Sonne verbrennen lässt, ohne Sonnenschutz zu verwenden.

Eine Gemeinsamkeit.

Wie er zu Mittag nur Brot und Wurst isst, jeden Tag.

Ein Unterschied.

Die Gemeinsamkeiten summieren sich, werden mehr und mehr. Die Unterschiede sind klein, aber wichtig.

Der Gärtner legt das kleine Rondo frei, die Pflanzen, die mein Mann gesetzt hat, die jedoch von Unkraut überwuchert wurden, er bringt Farbe in die Bereiche des Gartens zurück, die lange nur grün zugewachsen waren, schafft Struktur und Textur, arbeitet mit Höhen, bildet kleine Verstecke, in denen man Neues entdeckt, wenn man durch den Garten streift. Es fühlt sich an, als wäre der Garten über den Tod meines Mannes hinaus der seine geblieben. Der Gärtner verändert das Chaos nicht, er behält die Intention bei, wenn es denn eine Intention war und nicht einfach nur Zufall des Wildwuchses, aber er lenkt alles in Bahnen. Als verwirkliche er, was mein Mann mit dem Garten vorgehabt hat, als sprächen sie heimlich darüber, was in den Beeten und Wiesen passieren muss.

Er hat recht gehabt, er braucht das Büchlein meines Mannes nicht.

Ich will mich hier nicht verwirklichen, sagt er, als ich ihm meine Gedanken mitteile. Hier steckt Leben drinnen, ein origineller Gedanke, eine Entwicklung, und die will ich wieder hervorholen. Ein Gärtner kann Leben begleiten und pflegen, er kann es nicht schaffen. Das kann nur der Garten, darum dreht sich alles um ihn, darum fürchte ich ihn manchmal, er ist mir unheimlich in seiner Kraft.

Ich lache, der Gärtner sieht mich verwundert an, verzieht keine Miene.

Fühlen Sie das nicht auch von Zeit zu Zeit?, fragt er.

Ich verstehe nicht, schiebe die Unterlagen zurecht, die ich gerade bearbeite, setze meine Sonnenbrille ab und versuche, sein Gesicht im Licht der Sonne zu erkennen: Was meinen Sie?

Die unheimliche Kraft, sagt er, spüren Sie die nicht?

Ich verneine, er schüttelt ungläubig den Kopf, macht sich wieder an die Arbeit.

***

Beim Spazierengehen spreche ich mit Hans Styx über den Gärtner.

Er ist nun schon eine Weile hier bei uns, findest du nicht?

Hans Styx sieht mich an, versteht mich.

Ich halte ihm die Hand hin, die er ableckt.

Streichle ihm über den Kopf.

Dann erzähle ich ihm von meinen Schuldgefühlen.

Tief im Wald, die Requisiten geben mir Sicherheit, ihr vertrauter Anblick beruhigt mich ebenso wie Hans Styx. Ich erzähle nur ihm von den Erinnerungen, die wieder aufplatzen, einem Hund, der plötzlich Teil meines Lebens ist. Die Pralinenbox der Hexe nutzen wir als Möglichkeit zur Rast, ich packe Essen aus, lasse etwas Wasser aus einer mitgebrachten Flasche in meine offene Hand laufen, Hans Styx trinkt gierig, die Sonne bricht durch die Baumwipfel, zeichnet Linien in die Frühlingsluft. Meine Schuldgefühle kommen wieder hervor, seitdem der Gärtner in meinem Leben ist, doch nur Hans Styx bekommt sie zu hören. Die Arbeit an der Geschichte der Oper, seiner Geschichte. Die Anwesenheit eines anderen Menschen. Etwas in mir verrutscht, macht Platz für ...

Hans Styx bellt, präsentiert mir seinen Bauch.

Ich packe Essensreste und Wasserflasche zurück in den Rucksack, wir brechen wieder auf, die Requisiten weisen den Weg, zurück zur Hütte.

Zum Nichtzuhause.

Ich schalte den Fernseher ein. Mutationen, die Zahlen von Infizierten, Kranken, Toten. Neue Maßnahmen, neue Schließungen. Die in Aussicht gestellten Öffnungen fragwürdig. Zuwarten, zu gegebener Zeit entscheiden. Bilder ausgestorbener Städte, Straßen, Parks. Interviews mit Menschen hinter Masken, der Satz: auf unbestimmte Zeit. Ich denke an die Proben im Opernhaus, die Hoffnung auf erste Aufführungen, die Unsicherheit, die mich nun nicht mehr betrifft.

Hans Styx erkennt, dass etwas mit mir nicht stimmt, leckt mir über die Hand, ich schalte den Fernseher aus. Schlüpfe in meine Schuhe, ziehe eine Jacke über und verlasse das Haus, starte den Wagen, mache mich auf, meine Ziege zu besuchen, die ich in den letzten Tagen vernachlässigt habe.

Ich füttere sie, bürste ihr Fell, sie nimmt meine Anwesenheit hin. Außer mir kommt kaum noch jemand, die Euphorie der ersten Tage, als viele Freiwillige eine sinnvolle Tätigkeit suchten, ist längst verflogen. Schmutz sammelt sich im Stall, Kleinigkeiten zeigen die Unachtsamkeit.

Ich will mich weiter um dich kümmern, sage ich zur Ziege, aber du kommst zurecht, auch wenn ich nicht mehr komme?

Die Tierbesitzerin schließt den Stall hinter mir.

***

Der Gärtner und ich essen gemeinsam zu Abend.

Zum ersten Mal in der Hütte.

Er bewegt sich, als wohnte er immer schon hier.

Kocht für mich. Stapelt Scheit um Scheit und bringt ein gutes Feuer zustande, legt in Alufolie gewickelte Kartoffel in die Glut, brät auf der heißen Platte Fleisch und Gemüse, rührt eine Sauce zusammen. Als hätte er nie mit einem anderen

Herd gekocht als mit diesem Holzungetüm, das so schwer zu beherrschen ist. Seine Selbstverständlichkeit imponiert mir, er arbeitet, ohne mich zu beachten. Findet Wein und Korkenzieher. Deckt den Tisch. Er weiß genau, was zu tun ist. Nimmt das Glas, dessen Rand leicht gesprungen ist, und schenkt mir Wein ein. Ausgerechnet dieses Glas, das ich immer nur für mich nehme, seit ich es zu Silvester vor so vielen Jahren fallen ließ, betrunken, beim Betrachten des Feuerwerks vom Hang hinter der Hütte aus, der goldbemalte Rand absplitterte am Eis, auf dem es aufprallte, und mein Mann es aufhob mit den Worten: Scherben bringen Glück, schneide dir nur nicht die Lippe daran.

Warum hast du ausgerechnet dieses Glas genommen?

Ich sage *du* zu ihm, er ist nur eine Sekunde irritiert.

Was meinst du?

Es stehen so viele Gläser im Schrank, gute Gläser, warum gibst du mir ausgerechnet dieses?

Der Gärtner sieht mich entschuldigend an, ich habe ihn verunsichert.

Ich greife das Glas, nehme einen Schluck, sage: Das ist mein Glas, du hast genau das richtige gegriffen.

Zufall, sagt er, es stand zuvorderst.

Wir Opernmenschen glauben nicht an Zufälle, sage ich, die Werke, mit denen wir uns beschäftigen, sind voller Bedeutung, nichts geschieht einfach so, alles ist mit Sinn erfüllt.

Nun, sagt er, wir Gärtner glauben das nicht, wir glauben sogar das Gegenteil. Dinge geschehen, den Sinn gibt nur die menschliche Hand, aber erst im Nachhinein.

Das Essen schmeckt hervorragend, der Wein macht meinen Kopf leicht.

Ich bringe Hans Styx nach draußen, lasse ihn noch einmal im Garten herumlaufen, bevor er wieder in die Hütte darf.

Gemeinsam waschen wir das Geschirr, der Gärtner und ich.

Es ist gut, dass du mir hilfst, sage ich.

Meinst du das Geschirr oder den Garten?

Ich meine beides.

Hast du keine Kinder irgendwo, die aushelfen können?, fragt er.

Mein Mann und ich, wir haben nie an Kinder gedacht.

Das ist eine Lüge. Ich habe meine Eizellen einfrieren lassen, bevor ich vierzig wurde. Jetzt liegen sie ungenutzt in einem Eisschrank herum, der Gedanke an sie streift nur manchmal meinen Kopf. Ich mag Unnützes. Einfrieren lassen, weil ich damals krank war. Liegen jetzt in flüssigem Stickstoff.

Mein Mann hat sich überflüssig gefühlt als Künstler, sage ich, am Ende.

Hätte ihm da ein Kind nicht Sinn gegeben?

Im Nachhinein, meinst du?

Es war dein Mann, der keine Kinder wollte, habe ich recht?

Ich möchte nicht darüber sprechen, wische mir die Hände am Geschirrtuch trocken, stehe unschlüssig in der Küche, wie soll es nach dem Abendessen nun weitergehen?

Es fühlt sich an, als würde ich deinen Mann ganz genau kennen, seitdem ich den Garten bearbeite, sagt der Gärtner. Als hätte sich etwas in meinem Gehirn verändert, das mich aufnahmefähig macht.

Das Unkraut erzählt dir, dass mein Mann keine Kinder wollte?

Er macht sich lustig über mich, doch ich spiele mit und lache.

Ich lache meine Gefühle weg, auch wenn irgendetwas nicht stimmt.

Erzähl mir von deinem Mann, sagt der Gärtner und geht ins Wohnzimmer, ohne auf mich zu warten.

Ich nehme ein Glas Wein, folge ihm.

Er war lange krank, sage ich. Ich habe ihm versprochen, mich um ihn zu kümmern. Egal, was passiert. Egal, wie schlimm es wird. Egal, wie lange es dauert. Und das habe ich getan. Bis zum Schluss.

Der Gärtner lässt sich ins Sofa fallen, als gehörte es ihm.

Mehr gibt es dazu nicht zu sagen. Es war eine lange Zeit, die sich selbst aufgefressen hat, es gibt aus ihr nichts mehr zu berichten.

Es muss etwas zu erzählen geben, wenn man einen Menschen aus dem Leben in den Tod begleitet hat.

Ja, das sollte man glauben, nicht wahr? Wenn man es noch nie miterlebt hat. Es war eine lange Zeit, mehr gibt es tatsächlich nicht zu sagen.

Du hast dich bis zuletzt um ihn gekümmert?

Ich bewege den Kopf, kein wirkliches Nicken.

Du hast also getan, was du konntest.

Mein Nicken fühlt sich wie eine Beichte an.

Du hast dein Versprechen gehalten.

Möchtest du, dass ich Musik mache?, frage ich.

Er macht eine Geste mit seinem Kopf, weder Zustimmung noch Ablehnung.

Such dir eine Platte aus, sage ich zu ihm.

Er erhebt sich schwerfällig, lässt die Finger lange über die Rücken der Schallplatten fliegen, findet nichts, das ihm gefällt, das sehe ich an seinem Hinterkopf. Endlich bleibt er an einem Plattenrücken hängen, zieht die Schallplatte heraus, reicht sie mir wortlos. »Blackstar«, eine der wenigen Platten meines Mannes, die nicht der Klassik zuzuordnen ist, aufgenommen von David

Bowie kurz vor dessen Tod, gekauft von meinem Mann kurz vor dem seinen, atemlos gehört fast jede Nacht, dann verstaut von mir, weggeräumt, nicht mehr hervorgeholt. Die Musik plötzlich voller Störgeräusche, die nach dem Tod kamen, irritierender Anschuldigungen.

Ich lege die Platte dennoch auf, zuerst das Kratzen, dann die ersten Töne.

Wir hören die ganze Platte, ohne ein Wort zu sagen, mittendrin drehe ich die Scheibe um.

Der letzte Song: »I Can't Give Everything Away".

Schön, sagt der Gärtner, als alle Töne verklungen sind.

Ich stehe auf, nehme sein Gesicht in die Hände, küsse ihn einfach.

Wie damals.

Er küsst mich nicht zurück.

Verlässt die Hütte wortlos in Richtung seines Jeeps.

***

Der Gärtner arbeitet weiter, als wäre nichts gewesen. Schreibt seine Arbeitsschritte in ein Heft, das er mir zurücklassen will, wenn die Arbeit getan ist, als Anleitung für die kommende Zeit. Ein gänzlich neues Gartenbüchlein. Einmal gehen wir gemeinsam spazieren, es ist abends, als wir aufbrechen, und der Weg kaum zu erkennen. Das Mondlicht blitzt zwischen den Bäumen durch, nur hin und wieder öffnet sich das Dach der Baumkronen und man kann mehr vom Weg erkennen.

Wie findest du dich hier zurecht?

Ich zeige ihm den Trick mit den Requisiten, erkläre ihm die Eselsbrücken.

An der Zuckerstange erkennst du.

Bei der Bonbonbox musst du.

Der Besen zeigt dir.

Wir sind Hänsel und Gretel, die ihre Brotkrumen suchen.

Er streicht über die Requisiten, verwundert und erheitert, spricht meine Eselsbrücken nach, prägt sie sich ein.

Wir essen gemeinsam zu Abend, bevor er zu seiner Schlafstätte vor dem Jeep geht, ich beobachte ihn noch einige Momente im Licht der Campinglampe, bevor ich mich zu Bett lege.

Nie wieder küsse ich ihn, und ich spreche ihn auch nicht darauf an.

Mein zweites Ich meldet sich seltener zu Wort, zwingt mich seltener in die Knie. Die wenigen Momente, in denen ich es noch spüre, sind Momente der Verunsicherung, wenn zwischen dem Gärtner und den Erinnerungen an meinen Mann seltsame Risse entstehen, sich die Bilder übereinanderlegen, aber nicht passgleich sind, wenn in den kleinen Rissen Monster in meinem Kopf entstehen.

There's a crack in everything,
that's how the light gets in.

Ich habe eine Methode gefunden, damit zurechtzukommen. Ich lege mich auf den Boden, rufe Hans Styx zu mir, der sich an meine Seite legt, ich spüre sein dickes Fell, spreche mit ihm.

Du weißt, was ich getan habe, sage ich.

Hans Styx gräbt seine Schnauze in meine Achselhöhle, schmiegt sich eng an mich. Ja, ich kenne dich noch immer, sagt er. Sein Atem kitzelt mich, ich drücke ihn noch enger an mich, er wehrt sich nicht.

Ich tue nichts Verbotenes, sage ich, nicht einmal etwas Unmoralisches. Ich tue nichts, was andere an meiner Stelle nicht auch tun würden.

Hans Styx gibt mir recht.

***

Irgendwann ist der Garten fertig.

Die Wiese strahlt als grüne Fläche, darin tun sich Inseln auf, kleine Beete, erfüllt mit Farbe. Die Stauden sind zurechtgestutzt, neue Triebe in Hellgrün, der Teich liegt als glitzernde Fläche links neben der Hütte, dahinter bäumt sich der Hang auf, die Natur dort nur notdürftig in Zaum gehalten, ein Refugium für Insekten, kleine Tiere. Die Erde ist an manchen Stellen umgegraben, in den Beeten mit Faser und Mulch bedeckt, der Garten sieht wunderbar aus.

Schöner als je zuvor, denke ich und schäme mich sofort.

Ich komme erst im Herbst wieder, sagt der Gärtner, dann machen wir den Garten winterfit. Bis dahin reicht es, wenn du das Unkraut jätest und die Wiese mähst. Immer nur dann, wenn es nicht zu heiß ist. Wenn es einige Wochen nicht regnet, lässt du das Gras besser stehen, je höher, desto besser. Insekten werden es lieben, Bienen. Du kannst einen Weg zur Hütte frei mähen, mehr nicht, es ist besser so.

Kannst du das nicht erledigen?

Das ist nicht notwendig, das schaffst du auch alleine. Aber ich kann vorbeischauen, wenn du möchtest. Gib Bescheid, wenn du nicht zuhause bist, damit ich dich nicht störe.

Ich gebe dir Bescheid, wenn ich zuhause bin.

Vertraust du mir nicht?

Das ist nicht der Grund, warum ich hier sein möchte, wenn du kommst.

Er drückt mich an sich.

Es fühlt sich richtig an, sein Körper passt zu meinem Körper, schmiegt sich an den richtigen Stellen an mich, lässt an den richtigen Stellen Platz.

Ich schlafe mit ihm, mitten im Garten.

Der erste Mann, seit meinem Ehemann.

Vor meinem Ehemann hatte ich schlechte Erfahrungen mit Männern gemacht, hatte gedacht, keinem mehr vertrauen zu können. Mein Mann war anders gewesen, hatte sich selbstverständlich angefühlt.

Der Gärtner fühlt sich selbstverständlich an.

Die Narben an seinem Körper stören mich nicht, sie zeigen, dass er Dinge erlebt hat, überlebt. Ich fahre ihre Linien mit dem Finger entlang. Der Gärtner zuckt zusammen, ich hebe meine Hand von seinen Narben, doch er legt sie zurück. Das war ein gutes Erschrecken, sagt er. Ein Erschrecken, weil so lange nicht mehr berührt. Er sieht ganz anders aus als mein Mann, fühlt sich aber ähnlich an, riecht zu vertraut.

Ich stoße ihn von mir.

Er ist verunsichert.

Dann macht er etwas, was auch mein Mann immer gemacht hat, eine kleine Bewegung der Hand, mit der er meinen Oberschenkel entlangfährt.

Ich ziehe ihn zu mir.

Danach liegen wir im Gras, erleichtert.

Ich bin froh, dass ich das noch hinbekomme, sagt er und lacht.

Das ist doch wie Radfahren, sage ich, verlernt man nicht.

Ich bin nicht mehr der Jüngste, entgegnet er, man muss ein gewisses Alter haben, um zum Gärtner zu taugen. Man muss gelebt haben. Als Junger nimmt man alles als selbstverständlich hin, ist ohne Sorge. Erst wenn man Verlust erlebt hat, kann man einen Garten schätzen und pflegen. Ein Garten zeigt einem, wie viel Mühe es kostet, etwas am Leben zu erhalten. Man muss so viel geben, damit es funktioniert, so viel Arbeit und Zuneigung.

Die Zeit nimmt Einfluss auf den Garten, also kann ein Garten auch Einfluss auf die Zeit nehmen, sie aus ihren Angeln heben.

Ich setze mich auf, ziehe meine Bluse an, schlüpfe in meine Hose.

Du hast einiges erlebt, sage ich und zeige auf seinen Körper.

Macht mich besser in dem, was ich tue.

***

Er schläft jetzt öfter bei mir. Er kommt mit seinem Wagen, wir verbringen Zeit gemeinsam im Garten, ich schlafe in der Hütte, Hans Styx immer bei mir, er schläft immer noch in seinem Armeezelt, das er vor dem Wagen aufspannt, oft nur für eine Nacht.

Manchmal kommt er, wenn er andere Jobs in der Umgebung hat.

Manchmal kommt er einfach so.

Manchmal kommt er für Tage nicht, ich denke mir nichts dabei.

Dann wieder kommt er für Tage am Stück.

Seine Anwesenheit wird mir nicht selbstverständlich.

Einmal kommt er, zerschunden und dreckig, voller Wunden.

Hans Styx erkennt ihn nicht, als er über den Grund läuft, er knurrt, den Schwanz steil aufgestellt, läuft vor mich, wie um mich zu schützen, dann duckt er sich weg, rutscht zwischen meinen Beinen hindurch, als solle ich ihn schützen. Hans Styx schnappt nach dem Gärtner, winselt, will davonlaufen, doch ich halte ihn an seinem Halsband fest. Erst als der Gärtner ihm die Hand hinstreckt, Hans Styx daran riecht, beruhigt er sich, erkennt seinen Gast.

Wie zur Hölle siehst du denn aus?

Rosenbüsche haben mich zerkratzt, sagt er und hält mir seine Arme entgegen, an denen altes Blut klebt.

Ich schnappe sein Shirt, ziehe es ihm über den Kopf.

Diese Wunden können nicht nur von Rosen sein.

Ich weiche einen Schritt zurück, kralle meine Hand in Hans Styx' Fell.

Plötzlich bekommen seine alten Narben andere Geschichten. Andere als die, die ich mir selbst dazu ausgedacht habe, realere. Er hat sich geschlagen, ist Opfer eines Überfalls geworden, in Zwielichtiges verstrickt. Mein Kopf muss auch die alten Narben neu interpretieren, wie ein Regisseur eine alte Partitur neu interpretiert, ihr Bedeutung zuweist.

Sei nicht verrückt, versucht er mich zu beruhigen, ich arbeite in der Natur, mehr ist da nicht dahinter, hilf mir.

Ich ziehe ihn aus, wasche ihn, weil er müde ist und schwach. Ich schmiere Wundsalbe auf die offenen Stellen, verbinde die kaputte Haut.

Bringe ihn ins Bett.

Lasse das Fenster zu, obwohl es draußen warm ist, weil er das so mag.

Dabei hatte ich mir geschworen, mich nie wieder nach den Wünschen eines Mannes zu richten.

Dabei hatte ich mir geschworen, nie wieder einen Mann in dieser Hütte schlafen zu lassen.

Ich setze mich in den Stuhl in der Ecke des Schlafzimmers, betrachte seinen Körper, der in meinem Ehebett liegt. Ich sehe seinen Brustkorb, der sich hebt und senkt, sehe das Blut, das unter seiner Haut pocht.

Plötzlich wacht er auf.

Ich bekomme keine Luft, schreit er und greift sich an den Hals.

Ich kann nicht aufstehen, bin wie gelähmt.

Ich bekomme keine Luft, schreit er wieder und reißt sich etwas Unsichtbares aus dem Gesicht, die Augen weit geöffnet.

Dann beruhigt er sich, der Alptraum vorbei, sinkt zurück ins Kissen.

Hans Styx liegt an meiner Seite und schläft, die Schreie haben ihn nicht aufgeweckt, er schnarcht und stinkt, wie immer.

***

Zu meinem Geburtstag lade ich die Intendantin zu mir in den Garten, es kostet mich Überwindung, weil dieses Anwesen keine Gäste gewohnt ist, weil ich nicht weiß, wie man eine Feier schmeißt, und sei sie noch so klein, doch bei den Vorbereitungen hilft der Gärtner mir, er ist auch in der Küche begabt. Wir haben einen Tisch und drei Sessel aus dem Gartenschuppen geholt, auch das Requisiten, bei einem Flohmarkt gekauft, ursprünglich aus einer Operetteninszenierung, billig verramscht. Tisch und Sessel stehen jetzt auf einer freien Fläche zwischen den Bäumen, eine Lichtergirlande windet sich im Dreieck darum herum, der Teich gleich daneben, das Wasser gibt Frische ab, wenn es Abend wird. Ich stehe in der Küche, als der Wagen der Intendantin vor dem Grundstück hält, die Fahrertür sich öffnet. Der Gärtner deutet mir, weiterzumachen, wischt sich die Hände trocken, geht nach draußen. Ich beobachte die beiden. Sie trägt ein Sommerkleid ohne Makel, er eine schmutzige Hose, ein zerrissenes Shirt. Verlegen stehen sie voreinander, er hält ihr die Faust entgegen, sie möchte mit ihrer nicht einschlagen, verbeugt sich vor ihm, dann umgekehrt. Beide lachen, das Eis ist gebrochen, doch dafür, dass die beiden sich kennen, wirken sie unbeholfen miteinander. Ich schnappe mir eine Flasche Wein, winke durchs Fenster.

Wie alt werden Sie?, fragt die Intendantin, als ich ihr entgegenlaufe.

Siebenundfünfzig, sage ich, ich werde jedes Jahr wieder siebenundfünfzig.

Sie wissen, dass ich auch in Ihrer Dienstakte nachsehen kann, Madame Partitur?

Danke, dass Sie meiner Einladung gefolgt sind.

Die war höchst unprofessionell, sagt die Intendantin und dann, als sie meine Verunsicherung bemerkt: Ihre Einladung. Ich kann nicht zu jeder Feier meiner Mitarbeiter gehen, da komme ich ja zu keiner Arbeit mehr, sechshundert Mitarbeiterinnen und Mitarbeiter, das sind ja beinahe zwei Feiern pro Tag, das ist mit einem Job als Opernintendantin nicht zu vereinbaren. Vor allem, wenn ich auch noch Regie führen soll. Sechshundert Geburtstagsfeiern, die Taufen, Hochzeiten und Eheschließungen nicht zu vergessen, und, Gott behüte, die Scheidungen, die man ja auch feiern sollte. Tausende Feiern pro Jahr, ich bin ja keine Feierintendantin, sondern Leiterin eines Opernhauses. Ich verbitte mir Einladungen aller Art, aber gut, Sie haben mich nun eben eingeladen, und wenn Sie mich schon einladen, dann wäre es auch unhöflich, Ihnen abzusagen. Und ich lasse mir lieber nachsagen, ich sei unprofessionell als unhöflich.

Ziehen Sie doch Ihre Stöckelschuhe aus, sage ich, Sie kommen sonst nicht über den Grund, der ist frisch gegossen und die Wiese feucht.

Die Intendantin hält sich an meiner Schulter fest, zieht ihre Stöckelschuhe von den Füßen, hält sie wie Trophäen in der Hand. Besser so, sagt sie, Sie haben recht, Madame Partitur, aber ich habe da was vergessen. Hier, halten Sie, sagt sie und drückt mir ihre Schuhe in die Hand. Bloßfüßig läuft sie zurück zu ihrem Wagen, lacht kreischend wie ein kleines Kind, weil die feuchten Grashalme an ihren Fußsohlen kitzeln. Ich habe Ihnen etwas mitgebracht, ruft sie mir über die Schulter zu, natürlich habe ich Ihnen etwas mitgebracht, alles andere wäre ebenso unhöflich, wie Ihre Einladung abzulehnen. Ein Geburtstagsgeschenk, packen Sie es später aus. Sie drückt mir eine Schachtel in die Hand, verpackt in alte Theaterprogramme. Wunderschön haben Sie es hier, sagt sie und stapft Richtung Teich, ich laufe ihr hinterher, komme kaum nach.

Der Gärtner kommt mit einer Karaffe Wasser aus der Hütte, ich habe die Flasche Wein unter die Achsel geklemmt, zu dritt stehen wir vor dem Teich, betrachten die Wasserfläche.

Die Intendantin fischt ihr Telefon aus der Handtasche, will ein Foto schießen, der Gärtner hält die Hand vor, keine Fotos erlaubt.

Warum denn nicht, es ist doch alles so wunderschön?

Mein Mann hat kein einziges Foto dieses Gartens gemacht, sage ich, es gibt keine Bilder, wie er daran gearbeitet hat, keine Bilder von seiner Vision, keine Bilder vom Zustand des Gartens, als mein Mann gestorben ist. Und ich habe es so gehalten. Der Garten will gesehen werden, nicht festgehalten.

Das ist unangenehm esoterisch, sagt die Intendantin, finden Sie nicht auch?

Nur wenn der Garten in Bewegung bleibt, kann in unserer Vorstellung etwas von dem erscheinen, was mein Mann sich vorgestellt hat.

Hat er Ihnen das eingeredet?, fragt die Intendantin und deutet auf den Gärtner. Hören Sie nicht auf ihn. Wissen Sie, was ich gemacht habe? Ich habe jetzt einen Instapoint auf der Operngalerie installieren lassen, das ist ein Punkt, von dem aus die Zuseherinnen und Zuseher die besten Fotos unseres Opernhauses schießen können, ein Rundbogen aus Holz, im Zuschauerraum etwas groß, aber unser Logo ist drauf, die Menschen wollen das so, vor allem vor der Vorstellung, aber auf der Galerie auch währenddessen. Die Welt werden wir nicht ändern, Madame Partitur, auch wenn Kulturpessimismus Spaß macht.

Sie drückt die Hand des Gärtners zur Seite, dann auf den Knopf ihres Telefons, ein Bild erscheint auf dem Display.

Löschen Sie das Bild, sagt der Gärtner, und seine Stimme macht klar, dass der Spaß jeden Moment vorbei sein könnte.

Schon gut, schon gut, ich mache ja schon.

Die beiden sehen sich an, dann prustet die Intendantin los, umarmt den Gärtner, drückt ihn an sich. Keine Sorge, ruft sie, ich bin geimpft, sind Sie getestet? Genesen? Ach, wie dem auch sei, kommen Sie her, ich mag Menschen, die wissen, was richtig und was falsch ist.

Es ist angenehm kühl unter den Bäumen, eine Brise zieht über das Grundstück, das Essen schmeckt hervorragend, der Wein wird wie von Geisterhand nachgeschenkt, die Schwalben fliegen tief über den Teich, holen sich Wasser im Flug.

Nun öffnen Sie endlich mein Geschenk, sagt die Intendantin, seien Sie nicht unhöflich!

Ich nehme das Paket zur Hand, das ich in der Wiese abgelegt habe, ziehe die alten Theaterprogramme ab. Eine Schachtel, auf dem Deckel ein Foto meines Mannes, von Hand ausgeschnitten und aufgeklebt. Ich öffne den Deckel, in der Schachtel liegt Papier, gestapelte Unterlagen.

Lesen Sie schon, sagt die Intendantin.

Ich nehme die Unterlagen heraus, werfe einen Blick darauf.

Die Intendantin rückt näher, trinkt Wein und sieht mir über die Schulter.

Der Gärtner isst, sagt kein Wort.

Ich lese lange, alle Unterlagen, nehme mir Zeit.

Die Bewerbungsunterlagen meines Mannes für die Intendanz des Opernhauses. Seine Vorstellungen, Visionen, Pläne. Die Spielpläne der ersten fünf Jahre, ausgearbeitet, mit den Namen aller Mitarbeiterinnen und Mitarbeiter, ich finde meinen eigenen nicht darunter, werde ihn wohl überlesen haben, Stückvorschläge, inklusive Besetzungsideen, ich finde den Namen der Sopranistin, die ich auf der Bühne hängenließ, finde die Namen vieler Sängerinnen und Sänger, die ich nicht erwartet hätte.

Die habe ich im Archiv gefunden, sagt die Intendantin, als ich das Material für das Jahrbuch aussortierte, das Sie verfassen. Ich habe sie zur Seite genommen, wusste nicht, was damit tun, aber dann haben Sie mich zu Ihrem Geburtstag eingeladen, und da dachte ich: das perfekte Geschenk.

Warum haben Sie das gedacht? Warum schenken Sie mir diese Schriften?, frage ich und drücke die Unterlagen zurück in die Schachtel.

Ich dachte, Sie würden sich freuen, sie kennenzulernen.

Warum in aller Welt würde mich das freuen?

Die Stimmung im Opernhaus ist eigenartig, Madame Partitur, zwischen Hoffnung und Enttäuschung, alle zerfressen von Angst. Als stünden wir am Patientenbett einer ganzen Kunstform und könnten nur warten, ob sie überlebt, die Augen wieder öffnet. Und in dieser Situation weiß ich nun nicht, mit wem ich in Zukunft gemeinsam an meiner Vision arbeiten werde. Ich hoffe, auch mit Ihnen. Doch dafür müssen Sie mit der Vergangenheit abschließen. Man muss mit Menschen ebenso abschließen wie mit Dingen.

Sie sind ja eine richtige Psychologin, unterbricht der Gärtner.

Sehen Sie, brüllt die Intendantin und zeigt mit dem Finger zuerst auf mich, dann auf den Gärtner, dann wieder auf mich, wie die Hexe aus »Hänsel und Gretel«, eine richtige Psychologin, wie ich es immer sage. Ich kann tief in Menschen sehen. Mein Problem ist nur, dass ich das Gesehene nicht für mich behalten kann. Ich bin von Natur aus mitteilsam, und das ist ein Problem. Du, eine Psychologin? Das haben meine Studienkolleginnen immer gemeint. Du kannst doch kein Geheimnis bewahren! Und recht hatten sie. Ich liebe den Tratsch, warum auch nicht? Ich bin Regisseurin geworden, weil ich gerne im Leben anderer Menschen herumstöbere, nichts macht mir mehr Spaß. Aber ich habe gelernt, Stillschweigen zu bewahren, ich habe es mir antrainiert wie ein Hund die Befehle seines Herrchens. Und nichts ist so mächtig wie das, was man sich selbst antrainiert. Nichts ist so gewichtig wie die Gesetze, die man selbst formuliert. Darum werde ich Ihnen nichts über sich selbst verraten, so sehr Sie auch bohren, Sie müssen es selbst herausfinden.

Ich fange an, das Geschirr zu stapeln, die Reste Wein aus den Gläsern in die Wiese zu kippen.

Zeigen Sie mir seine Grabstelle, sagt die Intendantin.

Ich reagiere nicht, doch der Gärtner steht auf, deutet ihr, ihm zu folgen.

Ich knalle die Teller zurück auf den Tisch.

Jetzt zeigen Sie schon her, sagt die Intendantin.

Seine Grabstelle wirkt unscheinbar, als wir davorstehen. Ein dunkler Stein, hoch aufragend, am Sockel zugewachsen, gleich am Rande des Teiches.

Makaber, sagt die Intendantin und wiegt den Kopf hin und her. Aber schön, wie ein Bühnenbild einer seltsamen Oper, finden Sie nicht?

Niemand antwortet.

Die Intendantin streicht über den Stein, setzt sich darauf wie auf einen Barstuhl, schlägt die Beine übereinander, lässt den Blick über den Grund streifen. Ich stelle mir Ihre Aufgabe befriedigend vor, sagt sie und nickt dem Gärtner zu, höchst befriedigend.

Es ist eine Arbeit, sagt der Gärtner, zieht die Schuhe aus und setzt sich an den Rand des Teiches, lässt die Füße ins Wasser hängen.

Kennen Sie »Orlando furioso« von Vivaldi?, fragt die Intendantin und dann, ohne eine Antwort abzuwarten: Da verschlägt es Ritter und Krieger auf die Insel der Zauberin Alcina. Die wissen dort jedoch nichts mit sich anzufangen, ihnen ist mit einem Wort langweilig. Eine wunderbare Situation, und so wahr. Wir müssen dauernd etwas machen, tun, für den Müßiggang sind wir nicht gemacht. Ein Garten will bestellt werden. Das ist eine heilige Aufgabe. Es gibt ein Oratorium, in dem das Sterben Jesus' aus der Sicht Maria Magdalenas erzählt wird. Und wissen Sie was? Am Ende des Oratoriums ist Jesus ein Gärtner.

Ich rufe Hans Styx zu mir. Der Hund läuft durch den Garten, springt an mir hoch. Ich setze mich zu ihm in die Wiese, tauche meine Hände in das Wasser des Teiches, gebe ihm zu trinken.

Warum erzählen Sie uns das?, frage ich die Intendantin.

Weil Gärten zum Geschichtenerzählen da sind, antwortet sie. Haben Sie Boccaccios »Decamerone« gelesen? Grundlage so vieler Stücke und Opern. Die jungen Menschen in dem Roman ziehen sich auch in einen Garten zurück, als draußen die Pest wütet, genau wie wir, und sie erzählen einander Geschichten. Geschichten, um den Tod zu vergessen.

Den Tod sollte man nie vergessen, sagt der Gärtner.

Die Intendantin rutscht zu Boden, lehnt ihren Rücken gegen den Grabstein. Haben Sie immer noch nicht verlernt, die Frage nach dem Warum meiner Geschichten zu stellen, Madame Partitur? Ich erzähle Geschichten. Die Oper erzählt Geschichten. Was weiß ich, was Sie daraus machen. Was weiß ich, welche Botschaften in den Geschichten stecken. Ich bin Regisseurin, keine Lehrerin.

Und Psychologin, sagt der Gärtner, vergessen Sie nicht Psychologin.

Wir erzählen und spielen, das allein ist schon ein revolutionärer Akt des Lebens. Was ist Leben, wenn nicht spielen? Draußen erstarrt alles, alles ist in Distanz, alle haben Angst, ziehen sich zurück, sind nur mehr für sich, hassen, spucken ihre Verachtung in die Welt. Und wir erzählen und spielen, weil wir es wollen. Halten Sie sich nicht am Resultat fest, betrachten Sie das Spiel. Das allein bringt Leben zurück. Seien Sie nicht böse, sagt die Intendantin, vor allem nicht an einem Abend wie diesem. Wir sitzen hier, inmitten dieses Paradieses, da soll die Stimmung doch nicht sauer sein.

Das ist kein Paradies, erwidert der Gärtner.

Gut, sagt die Intendantin und klopft auf den Stein in ihrem Rücken, den versteckten Leichnam muss man ignorieren, aber sonst ist das hier doch ein wahres Paradies.

Ich habe den Garten hier auch einmal ein Paradies genannt, sagt der Gärtner, doch seitdem ich hier arbeite, habe ich verstanden, dass das nicht richtig ist. Paradies, das kommt aus dem Persischen, wissen Sie, von Grenze, von der Mauer, die die Welt draußen hält. Doch dein Mann, sagt der Gärtner in meine Richtung, hat kein Paradies erschaffen, eben gerade keine Mauer um den Garten gebaut, nur einen winzig kleinen Zaun. Er hält die Welt damit nicht draußen, so klug ist er gewesen, er schuf einen Ruhepol, aber einen Ruhepol innerhalb der Welt, nicht abgeschottet von ihr.

Das alles siehst du in diesem Garten?, frage ich.

Ja, sagt der Gärtner und lässt die Füße im Wasser tanzen, der Garten ist wie der Anfang eines Gesprächs. Und jeder kann den Gesprächsfaden wieder aufnehmen, der sich um den Garten kümmert. Jeder Garten will etwas sagen, über alle Zeiten hinweg, man muss nur zuhören.

Wie in der Oper, sagt die Intendantin, wenn wir tote Werke wiederaufführen.

Davon verstehe ich nichts, sagt der Gärtner und steht auf, watet durch den Teich und schöpft Wasser in sein Gesicht, seinen Nacken. Die Welt da draußen ist immer da, sagt er, und diese Welt ist elend, abgrundtief elend und furchteinflößend. Aber gerade darum müssen wir den Garten bestellen, die Natur kultivieren. Im Paradies bräuchte es mich nicht, das Paradies hat keinen Gärtner, das Paradies muss nicht bestellt werden, dort ist alles da, perfekt und für immer. Im Paradies stirbt auch kein Mensch, und auch keine Pflanze, darum muss niemand für sie sorgen. Es braucht kein Kümmern, keine Anteilnahme. Doch wer will schon unsterblich sein? Ich wäre lieber lebendig in einem Garten als unsterblich in einem Paradies. Ich könnte nicht den lieben langen Tag nichts tun, ich muss arbeiten, besorgen, bestellen. Genau wie die Ritter und Krieger in Ihrer Oper. Wenn ich sterbe, dann werde ich zurückkommen, nur um mir die Hände nochmal dreckig zu machen in einem Garten. Ich liebe das Vergehen. Das Zurückkommen. Sähen, pflanzen, schneiden, ernten. Wir sollten Eva danken dafür, dass sie den verfluchten Apfel genommen hat. Sonst säßen wir heute noch im langweiligen Paradies. Leben ist das einzig Wünschenswerte. Gibt es ein größeres Glück als einen schön bestellten Garten? Nur in unserer sterblichen Welt braucht es Gärtner, die Sorge um ihren Garten tragen. Egal welche Kriege in dieser

Welt geführt werden, egal ob da draußen die Pest wütet oder das neue Virus, wir bestellen Gärten, gerade deswegen, um Anteil zu nehmen, uns zu kümmern. Es ist verständlich, sagt er in Richtung der Intendantin, dass Sie an ein Paradies denken, ich habe es auch einmal getan, aber ein Garten ist nur eine kurze, vergängliche Version des Paradieses. Ein Garten existiert nur, weil wir im Paradies schuldig geworden sind und vertrieben wurden. Ein Garten ist eine Erinnerung an den Zustand davor. Darum die Melancholie aller Gärten und aller Gärtner. Alle Gärten sind Sehnsuchtsorte, die an etwas erinnern, von dem wir uns wünschen, dass es zurückkommt.

Hans Styx hat sich von mir entfernt, steht mit den Vorderpfoten im Wasser und sieht zum Gärtner, knurrt, hat den Schwanz angelegt. Ich klopfe auf den Boden, rufe ihn zu mir, doch er hört nicht, hat den Blick nur auf den Gärtner gerichtet, genau wie ich.

Wer zur Hölle bist du?, frage ich mich. Wo kommen diese Vorstellungen her, die du bisher nicht mit mir geteilt hast?

Sie sind ja ein wahrer Philosoph, sagt die Intendantin. »Der Gärtner als Philosoph«, das wäre ein guter Titel. Was Sie beschreiben, sagt die Intendantin und nimmt unbeirrt einen Schluck aus der Flasche Wein, die sie mitgenommen hat, ist nichts anderes als meine Welt, die Oper. Oper ist auch ein Rückzugsort. Nicht von der Welt getrennt, die Welt immer in Sichtweite, wenn Sie verstehen, aber ein Ort, an dem diese Welt betrachtet werden kann, gestaltet. Manchmal ist die Oper ein Klostergarten, in dem man sich in sich selbst versenkt. Manchmal ein Park, in dem man die Übersicht bewahrt. Manchmal ein kleiner Gemüsegarten und manchmal Versailles, wo man sich verirrt. Wissen Sie, sagt sie und nimmt noch einen Schluck, in meinem tiefsten Inneren hasse ich die Menschen.

Müssen Sie sich in Ihrer Arbeit nicht für Menschen interessieren, als Regisseurin und Psychologin?, fragt der Gärtner und springt in den tiefen Teil des Teiches, taucht unter, kommt zurück über die Oberfläche, schüttelt das Wasser aus seinen Haaren, eine gewohnte Bewegung.

Ich interessiere mich sehr für Menschen, aber als Material der Beobachtung und Zuneigung, sagt die Intendantin, jedoch immer mit einer Distanz. Darum hätte ich Ihre Einladung auch beinahe nicht angenommen, sagt sie in meine Richtung. Nur aus der Distanz sind Menschen mir erträglich.

Der Gärtner lacht laut auf, Hans Styx bellt, will zu ihm, wirkt aggressiv, traut sich jedoch nichts ins Wasser, hat Angst vor dem tiefen Bereich. Ich ziehe ihn mit Gewalt zu mir, drücke ihn zu Boden, beruhige ihn.

Nur in einem Garten kann der Mensch zum Menschen werden, sagt der Gärtner und spritzt der Intendantin Wasser entgegen.

Sie kreischt, springt begeistert auf und bringt sich hinter dem Grabstein meines Mannes in Sicherheit.

Der erste Mensch war in einem Garten zuhause, sagt der Gärtner, nicht in ungezähmter Wildnis. Die Natur da draußen stirbt, das wissen wir alle, in einigen Jahrzehnten wird nichts mehr von ihr übrig sein. Wir sind an einem absoluten Endpunkt angekommen, als Menschheit und als Welt. Die Frage ist nur, was nach diesem Endpunkt kommt.

Gleiches gilt für die Oper, sagt die Intendantin. Sie steht auf, wischt sich Gras aus der Kleidung, bleibt vor der Teichkante stehen, winkt dem Gärtner zu, hält ihre Zehen ins Wasser.

Ein Garten ist auch eine Geschichte, ruft der Gärtner ihr zu und zieht sich auf den Steg, eine Geschichte, die gelesen werden muss, kein Bild.

Meine Güte, sagt die Intendantin, ich habe das Foto ja gelöscht.

Der Gärtner zieht die nasse Kleidung aus, Hose und Hemd, steht in Unterhose vor uns, wie am ersten Tag, als ich ihn kennenlernte.

Wir haben viel gemeinsam, sagt die Intendantin zum Gärtner, Sie und ich.

Erleuchten Sie mich, sagt er.

Wir beide sind Künstler.

Ich sehe mich nicht als Künstler.

Wir beide brennen für das, was wir tun.

Ich übe einen Beruf aus, das ist schon genug in dieser Welt.

Wir versuchen beide, der Natur eine Form zu geben.

Das haben Sie jetzt aber absichtlich besonders vage formuliert.

Die Intendantin wird ungeduldig. Sie versucht, mit rudernden Händen eine Ähnlichkeit aus der Luft zu greifen.

Wir gestalten aus unserem Geist, schlägt der Gärtner vor, während er seinen Körper mit Blättern trockenwischt, und müssen uns manchmal die Hände schmutzig machen.

Die Intendantin applaudiert, als hätte der Gärtner soeben eine besonders anspruchsvolle Aufführung hinter sich gebracht. In jedem Fall, sagt sie, haben Sie wunderbare Arbeit mit diesem Garten geleistet.

Ich habe ihn genau so gestaltet, sagt er und deutet zu mir, wie ihr Ehemann es gewollt hätte. Ich habe genau seine Idee zum Leben erweckt.

Das ist doch absurd, platzt es aus mir hervor. Ich kann die Worte des Gärtners nicht mehr hören, halte sie körperlich kaum aus. Du hast meinen Mann nie kennengelernt, rufe ich, du hast nie auch nur ein Wort mit ihm gesprochen, du hast keine Ahnung, wer mein Mann wirklich war. Was bildest du dir ein zu behaupten, seine Gedanken zu kennen?

Ich lasse Hans Styx los, der schießt auf den Gärtner zu, doch der Gärtner streckt die Hand aus, Hans Styx schreckt zurück, bleibt in einiger Entfernung stehen.

Wieso glaubst du, schreie ich, so etwas Absurdes sagen zu dürfen?

Fühlt es sich nicht gut an?, fragt der Gärtner.

Was?

Der Garten, macht er dir keine Freude?

Was du da sagst, das ist krank.

Macht es dir keine Freude zu wissen, dass dein Mann das alles hier genau so gewollt hätte? Wenn er gekonnt hätte, wenn er nicht gestorben wäre? Früher als er hätte sterben müssen?

Seine Worte lassen mich zusammenzucken, ein Schmerz ganz tief drinnen, ich drücke eine Faust in die Magengrube, kippe beinahe vornüber. Da fühle ich eine Hand in meinem Rücken, drehe mich zur Seite. Die Intendantin steht neben mir, bietet mir einen Schluck aus der Flasche an, ich schüttle den Kopf. Sie drückt mir die Flasche an den Mund, zwingt mich zu trinken. Wissen Sie was, sagt sie in Richtung des Gärtners, das wird mir jetzt alles zu traurig, immerhin ist das doch eine Geburtstagsfeier, habe ich recht, also lassen Sie uns feiern.

Keiner von uns beiden reagiert.

Lassen Sie uns feiern, sagt sie nochmals.

Der Gärtner nickt, packt seine nassen Klamotten, verschwindet in Richtung der Hütte.

Wer ist der Mann?, fragt die Intendantin, als wir alleine sind.

Wie meinen Sie das?

Wo haben Sie diesen Mann nur aufgegabelt?

Sie haben mir den Gärtner doch vermittelt, sage ich.

Ich? Ich habe nicht einmal einen Garten.

Das habe ich auch eingewendet.

Und was habe ich geantwortet?

Dass heutzutage jeder einen guten Gärtner in petto hat.

Das klingt tatsächlich nach mir, sagt die Intendantin, das könnte ich theoretisch so gesagt haben. Ich bezweifle aber, dass ich es wirklich getan habe.

Ich verstehe nicht.

Was für ein faszinierender Mensch, sagt sie. Wussten Sie, was alles in ihm steckt?

Wir haben eine eher körperliche Beziehung, wir haben bisher sehr wenig gesprochen, wenn Sie verstehen.

Ein Idiot würde verstehen, sagt die Intendantin.

Plötzlich Musik, furchtbar laut.

Der Gärtner reißt die Fenster der Hütte auf, stellt die Lautsprecher des Plattenspielers auf die Fensterbretter, er muss in der Plattensammlung meines Mannes die wenigen Scheiben Musik gefunden haben, die sich zum Feiern eigenen.

Kommen Sie, sagt die Intendantin, lassen Sie uns tanzen, auf den Untergang und das, was danach kommt.

Die Lichter in den Girlanden beginnen zu leuchten.

Ich möchte nicht tanzen, will nur weg von hier, doch die Intendantin lässt mir keine Wahl. Sie bewegt sich am besten von uns dreien, dreht sich herum und lässt den Saum ihres Sommerkleides fliegen. Sie packt den Gärtner bei den Schultern, drückt sich an ihn, dann stößt sie ihn weg, in meine Richtung.

Der Gärtner legt seine Hand auf meine Hüfte.

Wir drehen uns, ich sehe ihm nicht in die Augen.

Wir tanzen.

Trinken.

Stopfen die Reste des Essens in uns.

Die Intendantin schläft ein, mitten in der Wiese.

Wir tragen sie auf das Sofa.

Trinken weiter.

Tanzen weiter.

Bis es dämmert.

Komm, sage ich zum Gärtner, gehen wir schwimmen, ich bin komplett verschwitzt. Ich ziehe meine Kleidung aus, stehe nackt vor ihm, drehe mich um und laufe Richtung Teich, springe vom Steg ins Wasser, spüre den Gärtner hinter mir. Ich tauche auf, er spritzt mich mit Wasser voll, als wären wir Teenager, lacht. Er zieht sich auf den Steg, springt ins Wasser. Als er auftaucht, sehe ich in sein Gesicht. Ich packe seine Schultern, drücke ihn unter Wasser. Er taucht wieder auf, spuckt mir Wasser ins Gesicht, grinst mich an. Ich packe ihn erneut an den Schultern, drücke ihn wieder unter Wasser. Wieder taucht er auf, lässt das Wasser wie eine Fontäne aus seinem Mund nach oben spritzen. Wir spielen das Spiel, immer wieder. Die Zeit unter Wasser wird immer länger. Er ist ein kräftiger Mann, aber irgendwie schaffe ich es, ihn nach unten zu drücken, indem ich meine Beine um seinen Hals winde, bis ich die Panik in seinem Körper spüre.

Ich warte zu, bin völlig ruhig.

Wie damals im Souffleurkasten, als ich die Sopranistin sterben ließ.

Ich drücke zu.

Lasse los.

Sein Körper schnellt nach oben, er schnappt nach Luft.

Spinnst du, brüllt er, ich bekomme keine Luft!

Ich sage nichts, schwimme zum Steg und ziehe mich nach oben.

Willst du mich umbringen, oder wie?

Der Gärtner entsteigt dem Wasser, wie am ersten Tag. Seine Narben scheinen zu glühen. Als würden sie nicht verheilen, sondern sich rückwärts entwickeln, hin zur offenen Wunde.

Wer hat dich zu mir geschickt?, frage ich.

Er sieht mich verwundert an. Ich bin an deinem Grund vorbeigefahren, sagt er, und habe den Zustand des Gartens gesehen.

Du hast gesagt, jemand hätte dich zu mir geschickt. Die Intendantin war es nicht, also wer hat dich geschickt?

Ich habe nie behauptet, sagt er, dass deine Chefin mich geschickt hat, oder etwa doch? Du hast Hilfe gebraucht, ich wollte dir helfen, nicht mehr.

Ich laufe zur Hütte, lasse ihn hinter mir.

Die Intendantin ist wach, steht bereits in der Küche, hat Kaffee aufgesetzt.

Ich hoffe, das war in Ordnung, sagt sie.

Ich hole Brot aus der Lade, Butter aus dem Kühlschrank.

Wir tragen das Frühstück vor die Hütte und essen.

Als wir die Intendantin verabschieden, steigt auch der Gärtner in seinen Wagen. Nacheinander fahren sie davon.

Ich bleibe mit Hans Styx alleine zurück.

***

Ich wähle die Nummer, die der Gärtner mir aufgeschrieben hat.

Ich wähle sie zum ersten Mal.

Eine unbekannte Frauenstimme meldet sich.

Verwählt.

Ich versuche es nochmal, wieder meldet sich die selbe Stimme.

Es tut mir leid, sage ich, aber es kann sein, dass ich gleich nochmal bei Ihnen klingle, wundern Sie sich nicht.

Noch einmal wähle ich die Nummer, bald werden die Stimme am anderen Ende der Leitung und ich noch beste Freundinnen.

Ich entschuldige mich, gebe endlich auf.

***

Tage später taucht der Gärtner wieder bei mir auf.

Tut so, als wäre nichts gewesen.

Fährt mit seinem Wagen über die kleine Holzbrücke, begrüßt mich, baut sein Armeezelt auf, macht sich an die Arbeit.

Jätet Unkraut, mäht den Rasen, obwohl es zu heiß ist.

Isst mit mir zu Mittag.

Schwimmt im Teich.

Ich arbeite an der Opernchronik, baue die Unterlagen ein, die die Intendantin mir zum Geburtstag geschenkt hat, fokussiere auf die Vision meines Mannes, gebe einen Ausblick. Wie könnte sein Opernhaus geworden sein? Denke an das offizielle Bild von ihm. An die Erinnerungen, die ich mit anderen teile. Immer wieder stoße ich auch auf den Namen meiner Mutter. Eine zweite Geschichte, die sich in meine Arbeit drängt. Fotos von Aufführungen, Kritiken, alte Unterlagen und Gesprächsnotizen. Auch hier ein offizielles Bild, leicht zu betrachten. Gesäubert von dem Schmutz, den Körperflüssigkeiten, dem Schmerz, die sich als Erinnerung in mir abgesetzt haben und die nicht wieder aufplatzen dürfen. Die Arbeit an der Chronik hilft, die offiziellen Erinnerungen überlagern die privaten, wenn ich mir Mühe gebe, mich in die Dokumente versenke.

Am Abend sitzen wir vor der Hütte, der Gärtner und ich.

Erzähl mir deine Geschichte, sage ich.

Er zögert. Meine Geschichte, sagt er schließlich, könnte wie die Blaupause des Lebens sein, aber dreckiger, voller dunkler

Flecken. Zum Beispiel. Meine Geschichte könnte aber auch wie ein Spiegel sein. Eine deformierte, eigensinnige Version. Oder etwas Schreckliches, das in deinem Kopf herumspukt. Aber warum willst du sie wissen, es bringt ja doch nichts. Ich bin ein Körper, der neben dir sitzt.

Ich will mehr über dich wissen, sage ich, ich weiß nichts über dich. Nur die Geschichten, die ich mir selbst ausgedacht habe.

Da gibt es nicht viel zu erzählen, sagt er.

Dann erzähl das Wenige.

Ich kenne meine Eltern nicht, wuchs in einem Kinderheim auf, bis ich achtzehn war, dort stammen meine Narben her, verdroschen von den älteren Kindern, die Betreiber ermöglichten mir eine Gärtnerlehre, seitdem habe ich in vielen Betrieben gearbeitet, aber ich bin nicht für regelmäßige Arbeitszeiten und Autoritäten gemacht, darum mache ich die Arbeit, wie sie mir gefällt, wie ich sie für richtig erachte. Ich war nie verheiratet, habe keine Kinder, möchte diese Last nicht tragen. Geht es dir jetzt besser, wo du all das über mich weißt?

Ja.

Eigenartig, dabei war die Geschichte eine Lüge. Ich bin in einer völlig herkömmlichen Familie aufgewachsen, beide meine Eltern leben noch, ich habe zwei Geschwister, bin zur Schule gegangen, sollte studieren, wollte jedoch nicht mehr in einer Schulbank sitzen, entschloss mich für eine Gärtnerlehre, habe einen Betrieb aufgebaut, erfolgreich verkauft und mache jetzt das, was mir Spaß macht. Ich war einmal verheiratet, habe keine Kinder, möchte diese Last nicht tragen.

Diese Geschichte ist auch eine Lüge, habe ich recht?

Natürlich hast du recht. Aber die dritte Geschichte ist die Wahrheit. Ich bin in einer völlig herkömmlichen Familie aufgewachsen, beide meine Eltern sind tot, gestorben bei einem

Autounfall, von dem meine Narben herrühren, ich habe keine Geschwister, war nie verheiratet, habe ein Kind, mit dem ich keinen Kontakt mehr habe. Ich wurde zuerst Opernregisseur, dann Gärtner, weil ich sonst nichts mit mir anzufangen wusste.

Warum lügst du mich an?

Die Geschichte könnte die Wahrheit sein, sagt er. Ich kann alles sein, was du dir vorstellst. Alles, was du möchtest.

Er spielt mit seiner Geschichte.

Wie die Intendantin es gesagt hat.

Doch das Spiel tut weh, vielleicht sitzt der Tod zu fest in mir.

Dritter Akt

Sommer

Draußen geht das Leben langsam wieder los, doch das Opernhaus ist immer noch geschlossen, Sommerpause. Ich setze mich in den Wagen und fahre in die Stadt, um die nächste Spielzeit zu besprechen. Will die Intendantin meine Rückkehr? Will ich meine Rückkehr? Beim Betreten des Hauses kein Test, kein Stäbchen mehr in der Nase, kein Warten vor der Schleuse. Nur der Portier schiebt Dienst und nickt mir zu, als ich an ihm vorbeigehe. Auf den Gängen treffe ich niemand an, die Büros versperrt. Ich desinfiziere mir die Hände, das einzige Überbleibsel der Zeit, die sich weit weg anfühlt. Ich steige die Stiegen hinab, Richtung Orchestergraben, klettere in meinen Souffleurkasten und blicke auf die Bühne. Ich vermisse diesen Blick, die schwarze Leere, die jeden Abend von Menschen gefüllt wird, danach wieder ins Nichts zusammenbricht.

Ich sehe die Sopranistin vor mir.

Ihren verzweifelten Blick.

Die stumme Sängerin, die auf meine Hilfe wartet.

Um meine Hilfe bettelt.

Die ich verrecken lasse, da oben.

Will ich wieder hierher zurück?

Ich bleibe einen Moment, dann krieche ich aus dem Kasten, steige die Stufen nach oben zur Intendantin, ihr Vorzimmer ist verwaist, die Tür steht offen.

Madame Partitur, ruft sie mir von hinter ihrem Schreibtisch entgegen, Sie müssen mir nicht gleich Ihren Gärtner auf den Leib hetzen!

Ich verstehe nicht, was sie von mir will.

Er war hier, sagt die Intendantin, Ihr Gärtner, stand plötzlich vor dem Portier, ganz aufgebracht. Hat grauenhaft ausgesehen, muss ich Ihnen sagen, zumindest hat ihn der Portier so beschrieben, und das ist kein schreckhafter Mensch, wie Sie wissen. Hat gebrüllt und getobt, man solle ihn hereinlassen, und zwar sofort.

Was wollte er hier?, frage ich.

Woher soll ich das wissen?, sagt die Intendantin, ich habe natürlich sofort die Anweisung ausgegeben, ihm keinesfalls die Tür zu öffnen. Nach fünfzehn Minuten ist er verschwunden, sonst hätte ich die Polizei gerufen.

Ich bleibe in der Tür stehen, halte mich am Türstock fest.

Vermutlich wollte er mich dazu bringen, Ihnen Ihren Job zurückzugeben, aber das scheitert ja nicht an mir, habe ich recht, Madame Partitur? Haben Sie mit ihm gesprochen? Haben Sie Näheres über ihn herausgefunden?

Ich schüttle den Kopf. Ich habe alle Gärtnereien der Umgebung abtelefoniert und all jene Filialen mit dem Auto angesteuert, die ich am Telefon nicht erreichen konnte. Ich habe überall nach ihm gefragt, doch keiner kannte ihn. Er hat nie behauptet, in einer Gärtnerei angestellt zu sein, einen Versuch war es dennoch wert. Er hat meinen Garten auf Vordermann gebracht, beschrieb ich es den Angestellten. Wir machen keine Hausbesuche, bekam ich meist zur Antwort, als wäre ich eine bettlägerige Frau auf der Suche nach einer Ärztin. Wir sind eine Gärtnerei, sagten sie mitleidig, Sie brauchen einen Landschaftsarchitekten. Sie verstanden nicht, taten meine Fragen ab.

Arbeitet wirklich niemand bei Ihnen, der meiner Beschreibung gleicht? Sehen Sie sich um, hier gibt es den Chef und ein paar Aushilfen, die Blumenerde schleppen und Pflanzen gießen, niemand von uns hier könnte einen Garten neugestalten, ich bin schon froh, wenn ich mir die Namen aller Blumen merke, ich helfe nur an den Wochenenden aus, manchmal erfinde ich die Namen auch einfach und es ist noch nie jemandem aufgefallen. Würden Sie mir Ihren Garten anvertrauen?

Die Intendantin klopft mit dem Finger unruhig auf die Schreibtischplatte. Steigern Sie sich da nicht hinein, Madame Partitur, sagt sie, das führt zu nichts. Sie haben Hilfe gebraucht, das hat er gesehen, seien Sie froh. Hat er Ihnen schon eine Rechnung gelegt?

Ich schüttle den Kopf.

Ein Wunder, in Zeiten wie diesen. Wir alle brauchen Geld, sagt die Intendantin. Aber wie dem auch sei, lassen wir diese Lappalie, kümmern wir uns um Wichtigeres. Ich habe Sie heute zu mir bestellt, um Ihnen mein neuestes Projekt vorzustellen. Sie deutet mir, mich zu setzen.

Ich lasse den Türstock los, ziehe einen Stuhl zu mir. Die Klimaanlage ist voll aufgedreht, ein eiskalter Lufthauch bläst mir ins Genick.

Ich habe einen Komponisten gebeten, ein neues Stück über unsere verrückte Zeit zu schreiben, sagt die Intendantin und hält ein Porträt nach oben, vermutlich ein Foto des Komponisten. Abstandsregeln, sagt sie, Maskenpflicht, Impfung, neue Krankheiten, der Irrsinn der Politik, ein großes, zeitgenössisches Musical. Ein riesiger, allesverschlingender Lacher soll durch dieses Haus gehen. Arbeitstitel: »Ein FFP2-Maskenball«. Was halten Sie davon? Sie können es ruhig sagen, es ist großartig, habe ich recht?

»Der Maskenball« ist eine Oper, sage ich, kein Musical.

Lassen Sie sich von Bezeichnungen nicht einschränken, sagt die Intendantin, das Werk wird so oder so einen Sturm des Lachens erzeugen.

Das Publikum unseres Hauses, sage ich, lacht nicht gern über Unbekanntes.

Papperlapapp, winkt die Intendantin ab, als Librettisten habe ich einen Komiker engagiert, vielversprechender junger Mann. Vor der Pandemie habe ich sein erstes Programm gesehen, Madame Partitur, ich habe mir vor Lachen fast in die Hose gemacht. In meiner Zeit in Detmold habe ich ihn entdeckt, auf einer ganz kleinen Bühne, verdrehen Sie jetzt nicht die Augen, auch in Detmold gibt es Menschen mit Humor. Gleich die erste Szene! Ein altes Ehepaar, der Ehemann und die Ehefrau begegnen einander unerwartet auf der Straße, doch die beiden erkennen einander nicht, die Gesichtsmasken, Sie verstehen. Das ist eine Szene, fast wie in »Così fan tutte«, wenn die Liebhaber verkleidet zurückkommen und ihre Liebhaberinnen sie nicht erkennen. Das wird sogar das Abonnement zum Lachen bringen.

Sogar das Abonnement?

Sogar das Abonnement, beharrt die Intendantin. Und wenn ich jeden einzelnen dazu zwingen muss.

Ich bin nicht sicher, sage ich, ob Sie den Humor hierzulande schon vollständig geknackt haben.

Die Intendantin greift einen Stapel Papier aus dem Regal, offenbar das Libretto. Sie beginnt zu singen:

Was ist das für ein Duft?
Es riecht hier so nach Gruft.
Geben Sie uns Luft, geben Sie uns Luft!

Und jetzt stellen Sie sich vor, kreischt sie beinahe, das singt dann der ganze Chor, natürlich mit Maske, ist das nicht herrlich komisch? *Geben Sie uns Luft, geben Sie uns Luft!* Die Leute werden sich krümmen vor lauter Lachen!

Ich kann mich nur wiederholen, sage ich, für die Sache mit dem Humor sollten Sie sich vielleicht noch Beistand holen.

Ach, was verstehen Sie schon von Humor, sagt die Intendantin und pfeffert das Libretto zurück ins Regal. Wir können nicht immer nur die »Fledermaus« spielen, wenn wir einmal lachen wollen, obwohl gerade die mit ihrem Titel vielleicht perfekt zur Pandemie passen würde? Nun, wie dem auch sei. Wir müssen auch mal etwas wagen, in die Zukunft stoßen.

Mit dem »FFP2-Maskenball«?

Die Jugend braucht heutige Themen, heutige Texte.

Was ist das für ein Duft, sage ich, *Es riecht hier so nach Gruft?*

Jetzt seinen Sie nicht ungerecht, herrscht die Intendantin mich an und beginnt zu singen: *Weia! Waga! Woge, du Welle, walle zur Wiege! Wagalaweia, wallala, weiala weia.* Der Dreck hätte Wagner auch keinen Literaturnobelpreis eingebracht, und wo sind seine Werke heute?

Leider nicht im Giftschrank der Geschichte, sage ich.

Es ändert nichts, sagt die Intendantin, das Werk muss auf die Bühne. Wir müssen das Leben da draußen zurückbringen in diese Kunstform.

Und wenn niemand lacht?

Dann verstehe ich die Welt nicht mehr.

Noch verstehen Sie die Welt also?

Zunehmend weniger, sagt die Intendantin. Dafür brauchen wir eben große Kunst, damit sie uns die Welt erklärt. Fragen Sie jetzt nicht, warum ich Ihnen das alles erzähle, über diese Frage sind wir beide hinaus. Und mit diesem Gedanken entlasse ich Sie in die Sommerpause, Madame Partitur. Erholen Sie sich, Sie sehen nicht gut aus, im Frühjahr hatten Sie so einen Glanz, ein Strahlen. Arbeiten Sie daran, dass das zurückkommt.

Wollen Sie nicht wissen, frage ich, ob ich nach der Sommerpause zurückkomme?

Die Intendantin schüttelt den Kopf. Diese Entscheidung wäre verfrüht, sagt sie, lassen wir uns dafür doch noch Zeit. Ich habe jedoch einen Vorschlag: Was machen Sie im Sommer? Braucht Ihre Ziege noch menschliches Unterhaltungsprogramm?

Die wurde verkauft, sage ich, wie alle anderen Tiere auch. Der Streichelzoo hat die lange Pause nicht überlebt, das Futter war nicht mehr zu bezahlen, die Freiwilligen, die sich in den ersten Wochen gemeldet hatten, sind nach und nach komplett weggebrochen. Ich habe geholfen, die Tiere zu verladen, auf einen Anhänger. Ein Gnadenhof hat sich bereiterklärt, alle Tiere aufzunehmen, auch meine Ziege. Der Abschied tat weh, mehr als bei jedem Menschen. Wie sieht Ihr Vorschlag aus?

Die Intendantin schreckt auf, als hätte meine Frage sie aufgeweckt.

Mein Vorschlag? Ach so, mein Vorschlag, natürlich. Kommen Sie mit mir nach Aix-en-Provence. Zu den Opernfestspielen. Ich inszeniere dort. Aufführungen in freier Luft sind wieder möglich, als Rahmenprogramm gibt es ein Treffen von Opernmenschen, Diskussionen über den Zustand nach der Pandemie, die Kunst in neuen Zeiten, Paradigmenwechsel, all solche hochtrabenden Themen werden besprochen, vielleicht gibt es sogar eine kleine Feier, wenn wir Glück haben.

Ich dachte, sage ich, Sie bräuchten Distanz zwischen sich und den Menschen, zwischen sich und Ihren Mitarbeitern. Und jetzt wollen Sie mit mir auf Urlaub fahren?

Dafür ist es zwischen uns längst zu spät, sagt sie, vielleicht tut Ihnen ein kleiner Ausflug gut. Wenn der Himmel in Südfrankreich

Ihnen hilft, dann war er es wert, meine Prinzipien über Bord zu schmeißen.

Haben Sie schon einmal in Aix-en-Provence gearbeitet?, frage ich.

Nein, die Franzosen haben immer herabgeschaut auf das, was ich mache, auf meinen Stil. Erst seit meiner Intendanz haben sie mich auf dem Radar.

Brauchen Sie ein vertrautes Gesicht an Ihrer Seite?, frage ich sie.

Ich will Ihnen helfen, Madame Partitur.

Wurden Sie auch von einer unbekannten Stelle geschickt?

Wissen Sie, welche Oper heuer in Aix wiederaufgenommen wird?

Ich schüttle den Kopf, habe das Programm nicht verfolgt.

Die Opernfestspiele nehmen »Falstaff« wieder auf, in der Inszenierung Ihres Mannes. Seine letzte Inszenierung, eine Hommage. Sie wissen, welche Ehre das ist, die Opernfestspiele zeigen selten alte Aufführungen.

Die Intendantin steht auf, streckt mir die Hand entgegen, eine ungewohnte Geste. Ich weiß nicht, ob ich die Hand greifen soll, entscheide mich dagegen. Überlegen Sie es sich, sagt die Intendantin, das ist auch für Sie eine Chance, neue Menschen kennenzulernen.

***

Ich spaziere wieder zu meiner alten Wohnung.

Keine Polizei mehr, niemand hält mich auf, die Menschen bewegen sich wie selbstverständlich durch die Straßen, nur manchmal verrät ein Schritt zur Seite, dass man noch Abstand sucht.

Ich stehe vor dem Eingangstor, es ist offen.

Das Stiegenhaus riecht muffig, lange nicht gelüftet.

Ich steige die Stockwerke nach oben, gehe zu meiner Tür.

Ich drücke die Türklinke nach unten, geschlossen.

Ich klingle, als wäre die Wohnung nicht meine eigene.

Ich warte zu, lausche im Stiegenhaus nach Geräuschen.

Nichts.

Ich greife in meine Tasche, das Metall des Schlüssels.

Ich stecke ihn ins Schloss, warte eine Sekunde, drehe ihn zur Seite, ein Klicken. Ich öffne die Tür, stehe in meiner Wohnung, die sich nicht wie meine Wohnung anfühlt. Ich streife die Schuhe ab, trete ein. Ein paar Schritte, links die Küche, der kleine Frühstückstisch, ich drehe mich zur Seite, gehe am Bad vorbei ins Schlafzimmer. Die Kissen zerwühlt, ein ungewohnter Geruch in der Luft. Ich ziehe an der Bettdecke, Füße kommen zum Vorschein, ich kitzle sie, sie treten nach mir, ich kitzle sie wieder, mein Mann schläft noch. Ein gewohntes Grummeln, ich lasse ihn in Ruhe. Ich stehe vor dem Rauchfangschacht, die Ofentür mit einem Poster überklebt. Ich reiße es von der Wand, drücke die kleine Tür auf, greife in den Schacht. Ich brauche einen Moment, dann spüre ich das Papier, ziehe es hervor. Briefe, die Briefe meines Mannes, von mir hier versteckt, dann lange vergessen. Ich stecke die Briefe in meine Tasche, drehe mich zur Seite.

Am Frühstückstisch mein Mann, eine Tasse Kaffee in der Hand.

Was machst du hier?, fragt er mich.

Erinnerungen holen, die nur uns beiden gehören.

Er sieht mich verwundert an: Verschwinde von hier.

Ich verstehe nicht, gehe einen Schritt auf ihn zu.

Verschwinde sofort, brüllt er mich an, oder ich rufe die Polizei.

Mein Mann konnte wütend werden, eine Erinnerung platzt in mir auf.

Raus hier, brüllt er.

Ich lächle ihn an, drehe mich zur Seite, verschwinde.

Werfe die Briefe in den nächsten Mülleimer.

***

Ein ungewohntes Bild schockiert mich, ich stoppe den Wagen.

Alle Gräser geschnitten, die mein Mann rund um den Teich gepflanzt hat.

Die abgeschnittenen Halme zusammengebunden, gestapelt.

Ein Haufen Grün, die Gräser noch frisch, so früh im Sommer.

Mein Mann hat die Gräser in Gärtnereien erbettelt, an Wegesrändern ausgegraben, von Freunden geschenkt bekommen. Gräser mit hellroten Spitzen und dunkelroten Puscheln, mit Streifen, Blätter wie grün-weiße Zebras, dunkelgrüne Farne dazwischen. Er zog die Gräser heran, bis sie wucherten und zu mannshohen Büscheln wuchsen, er grub sie aus und teilte sie mit seinen Fingern, vermehrte die Büschel und schuf einen wahren Gürtel rund um den Teich, in dem sich Lurche versteckten, Frösche saßen. Im Winter band er die Gräser zusammen, wie Soldaten standen die Büschel dann im kalten Wind, um im nächsten Frühjahr nach dem Schnitt wie Unkraut zu sprießen.

Jetzt liegen sie in der Sonne, die Hitze trocknet sie aus.

Ich laufe zum Teich, sehe seinen Grabstein, deutlich wie nie zuvor. Befreit vom Unkraut, die hochwachsenden Pflanzen ringsum ausgerissen, der Grabstein geputzt.

Ich drehe mich zur Hütte, höre Musik, die Fenster offen.

Was hast du gemacht? Wieso hast du die Gräser geschnitten?

Seine Stimme von drinnen: Das muss so sein, dein Mann war ein Amateur, er hat den Garten gut versorgt, nach bestem Wissen und Gewissen, wie man so schön sagt. Aber erst ich werde sein wahres Potenzial entfalten.

Hans Styx läuft auf mich zu, er hechelt, drückt seinen Kopf gegen meine Schenkel, zwängt sich zwischen meine Beine.

Ich reiße die Tür zur Hütte auf, die Musik laut, ich erkenne sie nicht gleich.

Der Gärtner im Wohnzimmer, vor dem Fernseher.

Kleine Schuhschachteln stehen überall verstreut, Figuren aus Knetmasse, die Bühnenbilder meines Mannes, aufgereiht auf Tisch und Boden.

Was zur Hölle?

Ich drehe mich zum Fernseher.

Was ist das für ein Video?

Eine bekannte Oper, die Knetfiguren stehen im Kreis, eine in ihrer Mitte, die Musik fließt in meinen Kopf, mein Mann am Regiepult. »Salome«. Die Stimme meines Mannes, verlangend nach dem Kopf des Propheten, der Hofstaat, gehüllt in selbst bemalten Stoff. Ich kenne die Aufnahme, für das Video schuf er ein Bühnenbild, so reduziert wie die Oper ausschweifend. Konzentriert nur auf die Familie, die hier in Musik gegossen wurde. Das Modell der Aufführung auf dem Boden vor dem Fernseher, neben dem Videorekorder, der hier nicht hergehört, sondern auf den Dachboden.

Was wird das hier?, stoße ich hervor.

Ich habe auf dem Dachboden nach Schnüren gesucht, sagt der Gärtner, für die Gräser, da habe ich die Puppenhäuser gefunden, versteckt, und dann die Videokassetten. Ich habe die Titel gelesen, bin neugierig geworden.

Was gibt dir das Recht?

Nein, was gibt dir das Recht, schreit er plötzlich, diese Aufnahmen geheim zu halten?

Ich zucke zurück, halte Hans Styx am Halsband.

Ich verstehe nichts von Oper, sagt er, wieder ganz ruhig, aber das hätte dein Mann nicht gewollt. Dass diese Filme auf dem Dachboden verstauben. Ich habe sie mir angesehen, habe die Modelle gesucht. Das sind Kunstwerke, sagt der Gärtner, weißt du sie überhaupt zu schätzen?

Ich bekomme keine Worte aus meinem Mund, Wut steigt in mir auf.

Denkst du jemals daran, was dein Mann damit gewollt hat? Du hast doch versprochen, sagt er, dich um ihn zu kümmern, bis zuletzt. Hast du dein Versprechen gehalten? Denn das gilt auch für das hier, findest du nicht? Du schreibst eine Chronik der Oper und versteckst diesen Schatz? Dein Mann dreht sich im Grab um. Oder in der Urne.

Ich springe auf ihn zu, packe seine Haare, ziehe ihn zu mir, obwohl er stärker ist. Er hält mich auf Abstand, seine Augen aufgerissen, überrascht. Ich bin stärker, als er denkt. Er packt meine Hand, drückt sie weg, doch ich reiße sie los, kratze ihn im Gesicht, etwas von seiner Haut unter meinen Fingernägeln, Blut an der Wange. Ich lasse mich fallen, sinke zu Boden.

Hans Styx springt zwischen uns hin und her, bellt ihn an, leckt mir übers Gesicht, knurrt. Ich schnappe nach Luft, Hans Styx drückt sich an mich.

Ich habe auch sein Grab freigelegt, sagt der Gärtner, den Stein gepflegt.

Ich ziehe mich am Wohnzimmertisch nach oben, stoße ein Bühnenbildmodell um, lasse mich auf das Sofa fallen, erschöpft.

Seitdem ich hier arbeite, sagt der Gärtner, muss ich einen

Bogen um diese Stelle machen. Das wusste ich sofort, auch wenn du es mir nie gesagt hast. Das ist nicht richtig. Lass dir helfen.

Ich schaue zum Fernseher, höre die Musik, das Klavier in Euphorie, ich sehe die Figuren aus Knetmasse, wie von Geisterhand bewegt gleiten sie durch den Raum, die tanzende Salome, der gaffende Stiefvater. Ich stelle mir die Finger meines Mannes auf den Tasten des Klaviers vor, seinen Körper bei den Aufnahmen, höre seinen Gesang, seine tote Stimme.

Der Gärtner fährt mit den Fingern über seine Wange, wischt sich das Blut ab. Vermisst du deinen Mann?, fragt er. Du kannst mit mir sprechen, als wäre ich er. Du kannst ein letztes Gespräch führen, wenn du möchtest, ich kann alles sein, was du willst, ich bin alles, was du dir vorstellst.

Er leckt sich das Blut von den Fingern, verlässt den Raum.

Ich komme zu Atem, rufe Hans Styx zu mir, er legt sich an meine Seite, zur Beruhigung. Ich spüre mein zweites Ich in mich kriechen, dränge es weg.

Der Gärtner kommt zurück, fischt ein Pflaster aus der Verpackung, klebt es über die kleine Wunde.

Es tut mir leid, sagt er, ich wollte dich nicht...

Du wolltest mich nicht was?

Ich will dir nur helfen, sagt er nochmal und hält mir ein Glas Wasser hin.

Ich schaue weiter auf den Fernseher, die aufgeregte Musik beruhigt mich eigenartigerweise. Ich hasse »Salome«, mein Mann liebte die Oper. Die Stimme des Propheten aus dem Kerker, die ungeheure Anziehung, die diese Stimme auf Salome ausübt. Die ekelerregende Familie, der Schwulst, und irgendwo verborgen die Liebe.

Ich schaue die ganze Aufnahme, bis zum Ende.

Der Gärtner sitzt auf dem Sofa, sagt kein Wort mehr.

***

Wir gehen einander aus dem Weg während der nächsten Tage.

Der Gärtner verschwindet, kommt nur für Stunden vorbei.

Entschuldigt sich wieder, verstaut die Modelle auf dem Dachboden, die Kassetten, räumt den alten Videorecorder weg.

Ich nutze die Zeit, schließe die Opernchronik ab, schicke sie der Intendantin, verpacke das Material in Kisten. Bringe sie zur Post, will mit dieser Geschichte nichts mehr zu tun haben.

Wir schwimmen im Teich, zum ersten Mal seit langem.

Berühren einander nicht.

Ich habe Angst.

Angst vor ihm.

Angst vor mir.

Langsam nähern wir uns wieder an, sprechen miteinander.

Irgendwann ein erstes Lachen.

***

Wo sind Sie gerade?

In der Provence, sagt die Intendantin, gerade angekommen. Im Hintergrund ein wunderschöner Strand, dieses Mal kein digitaler, sie sitzt auf der Terrasse ihres Hotels. Ich bin früher losgefahren, gönne mir ein paar Tage Urlaub, bevor die Arbeit losgeht.

Aix liegt doch nicht am Strand?

Nein, aber wer will schon in der überhitzten Stadt wohnen, wenn dort noch nicht mal Opern stattfinden? Die Provence ist wunderbar, sieht man von den lodernden Waldbränden ab. Und der Wasserknappheit. Kommen Sie zu mir, Madame Partitur, in Aix habe ich ein Zimmer gemietet, lassen Sie uns gemeinsam den Herbst planen, ich bin brennend gespannt auf

Ihre Gedanken zur neuen Spielzeit. Haben Sie sich den »FFP2-Maskenball« schon durch den Kopf gehen lassen? Sie könnten die Premiere betreuen, nicht als Souffleuse, Sie könnten eine wichtigere Rolle einnehmen, schon einmal Kontakt mit dem Komponisten aufnehmen, wenn Sie möchten.

Ich spaziere durch den Wald, hier ist es kühler, Hans Styx läuft mir voraus, kennt die Requisiten, an denen er sich orientieren muss, kennt den Weg. Ich halte das Telefon ganz nah vor mein Gesicht.

Kommen Sie, Madame Partitur, sagt die Intendantin noch einmal, ich dulde keine Widerrede. Ich darf bei den Wiederaufnahmeproben zu »Falstaff« dabei sein. Ich kann Sie mit dem Assistenten bekanntmachen, der die Inszenierung Ihres Mannes anhand von Videomaterial einstudiert. Sie könnten mit ihm zusammenarbeiten, ihm Ihre Eindrücke schildern, ein Wegweiser sein. Wollen Sie nicht eine wichtigere Rolle ausprobieren, auch für die nächsten Spielzeiten an unserem Haus?

Ich spreche mit dem Gärtner darüber, er redet mir zu. Das ist eine gute Idee, sagt er, hier drehst du im Sommer doch nur durch. Ich kümmere mich um den Garten, um Hans Styx, mach dir keine Sorgen. Wenn du zurückkommst, wird alles noch so schön sein wie zuvor.

Noch schöner.

Ich will ihm vertrauen.

Vermutlich wurde er ja geschickt, um mir zu helfen.

***

Ich fahre mit dem Auto in Richtung Italien.

Verlasse das erste Mal die Hütte, den Garten, das Land.

Das erste Mal seit so vielen Dingen.

Das erste Mal seit der Pandemie.

Das erste Mal seit seiner Krankheit.

Das erste Mal seit seinem Tod.

Es fällt mir schwer, Hans Styx zurückzulassen, der Hund gibt mir Ruhe, wenn mein zweites Ich in mich kriecht, er hat sich einen Platz an meiner Seite erkämpft, seitdem er im Winter im Garten aufgetaucht ist.

Ich bin unsicher, als ich die Autobahn entlangfahre, der Grenze zu. Ich zittere, halte das Lenkrad fest, atme durch.

Es wird leichter, als ich in Italien von der Autobahn abfahre.

Ich übernachte am Gardasee, fahre dann ab Genua die Küste entlang, den Blick linkerhand immer auf das Meer gerichtet. Die Cote d'Azur bis zur Provence. Mein Mann hat ein kleines Haus gemietet, in Auriol, etwas südlich von Aix, weil er nicht im Trubel des Opernfestivals wohnen will, sondern in der Ruhe der Hügel des Küstenhinterlandes. Ein altes Kloster aus hellem Stein, welches die neuen Besitzer renoviert haben. Davor ein Pool aus sandsteinfarbenem Marmor, in dem ich jeden Morgen baden werde, ich habe die Fotos gesehen, im Schatten zweier Platanen. Damals fahren wir mit dem Zug, mein Mann spricht die ganze Fahrt über sein Konzept für »Falstaff«, seine Pläne für Verdis Oper, will meine Meinung nicht hören, nur seine Gedanken beim Sprechen formulieren, ich soll nur nachplappern, sie ihm zurückspielen. Die anderen Fahrgäste hören ihm belustigt zu, dann genervt. Ich kenne diesen Zustand, diese Konzentriertheit vor Probenbeginn. Wir sind alleine unterwegs, werden das Team erst in Aix treffen, mein Mann will Zeit für letzte Gedanken, plant Details, hat das Werk noch nie inszeniert, auch nicht in einer Schuhschachtel. Jetzt sitze ich allein im Auto, auf dem Weg in das Hotel der Intendantin. Ein Zimmer, für mich reserviert, von ihr bezahlt, aus der Privattasche, wie sie nicht müde wird zu betonen. Ich kurble die Fenster nach unten, genieße den Fahrtwind. Nachmittags komme ich im südlichen Licht an, das die Pariser so schätzen. Will endlich ein eigenes Leben über das Leben mit meinem Mann legen, das hier einen seiner Endpunkte fand. Seine letzte Inszenierung, unsere letzte Opernreise. Ich stelle meinen Wagen in einem Parkhaus in der Nähe des Hauptbahnhofs ab, nehme meine Tasche und mache mich zu Fuß auf, in Richtung des Hotels. Ich komme am Bahnhof vorbei, treffe meinen Mann für einen Nachmittagskaffee, die erste Probe ist zu Ende gegangen, ich bin gespannt auf seinen Bericht, das aufregende Aufeinandertreffen mit den Sängerinnen und Sängern, deren Arbeit er auf Video genau studiert hat. Er verzögert sich, ich sitze in der Sonne, die Innenstadt im Rücken, er kommt nicht, die Probe muss länger dauern, ein Gespräch danach, eine erste Krise.

Ich betrete das Hotel, nenne den Namen der Intendantin, ein Lächeln huscht über das Gesicht des Concierges, ich steige in den Aufzug, öffne die Tür, lasse mich ins Bett fallen, bin hundemüde nach der langen Fahrt. Ich ziehe mir die Schuhe von den Füßen, die Socken, im Badezimmer das Geräusch der Dusche, er hat mich aufgeweckt, als er nach Hause kam.

Wie lief die Probe?, rufe ich ihm zu, er hört mich nicht.

Ich drehe mich zur Seite, er kommt zu mir ins Schlafzimmer, nackt, wischt sich mit Kräutern trocken, will nicht sprechen.

Ich schlafe ein.

Abends treffe ich die Intendantin in einem marokkanischen Lokal im Zentrum von Aix. In einem Riad sitzen wir geschützt vor der Sommerhitze und dem Lärm der Stadt und essen zu Abend. Ein kleiner Brunnen plätschert inmitten des Hofes, das Essen ist angeblich hervorragend, der Wein bekommt mir. Und doch traue ich mich nicht zu bestellen, bin mir meines schlechten Französischs plötzlich furchtbar bewusst. Die Intendantin übernimmt, sie spricht zwar kein besseres Französisch, das aber mit großer Begeisterung und Überzeugung. Sie sorgt für die Belustigung der Kellner und der anderen Gäste, inszeniert eine kleine Aufführung, die ich selbst mir nicht zutraue. Plötzlich trübt sich meine Stimmung, ich weiß nicht, warum. Ich möchte gehen, sage ich zu meinem Mann.

Haben Sie keinen Hunger?, fragt die Intendantin.

Du sprichst nicht mit mir, sage ich, seitdem wir hier angekommen sind sprichst du nicht mit mir. Kein einziges Wort, ich bin Luft für dich. Was hat sich verändert, in den letzten Wochen, was passiert mit dir? Sieh dich an, du bist nicht du selbst. Traust du dir die Inszenierung in diesem Zustand zu?

Das ist unser erster Abend, gib dir Zeit.

Ich muss mich noch frisch machen, sage ich.

Gut, sagt die Intendantin, dann gehen Sie, aber ich warte noch auf meine Bestellung, ich habe Hunger, die Probe war anstrengend.

Mein Interesse ist geweckt: Was ist passiert?

Sie inszeniert eine szenische Version von Mahlers »Auferstehungssymphonie«, die das Festival von ihr gewünscht hat. Die Vorarbeiten sind getan, erste Proben erledigt. Sie hat den Boden des Theaters mit Erde bedecken lassen. Darüber das Bühnenbild, ein Herrschaftshaus, verfallen, der Chor seine Bewohnerinnen und Bewohner. Auch das Orchester soll auf dieser Erde spielen, nicht im Orchestergraben. Doch die Musikerinnen und Musiker rebellieren, wollen den Graben nicht verlassen. Es hat mich die ganze Probe gekostet, sagt die Intendantin, das Orchester gefügig zu schmeicheln. Ich wollte mit den Sängerinnen und Sängern arbeiten, endlich Figuren erschaffen, und dann geht meine erste Bühnenprobe für so etwas drauf.

Willst du wissen, was ich denke?, frage ich.

Nicht wirklich.

Mein Mann ist ungeduldig, will mich nicht hören.

Die Aufführung muss leichter werden, sage ich, nicht so schwer.

Halt den Mund, herrscht er mich plötzlich an, du hast keine Ahnung von »Falstaff«. Ich will nichts mehr davon hören, wird er laut.

Aix sollte ein Traum werden, für uns beide. Woher diese Aggression?

Ist alles in Ordnung mit Ihnen?, fragt die Intendantin.

Ich schenke mir Wein nach, nicke.

Sie sollten es etwas langsamer angehen lassen, sagt die Intendantin und taucht eine Stoffserviette in den Brunnen, legt mir das kalte Tuch in den Nacken. Entspannen Sie sich, dafür sind Sie hier, und später genießen wir etwas Musik. Sie deutet einem Kellner, der bringt einen lächerlich großen Fächer, die Intendantin fächelt mir Luft zu, während sie mit der anderen Hand Lammeintopf in sich hineinschaufelt, als hätte sie seit Wochen nichts gegessen. Später spazieren wir durch die Innenstadt, verlieren den Überblick, steigen schließlich in ein Taxi und fahren eine kleine Schotterstraße ein Kloster entlang bis zum Cour Mirabelle. Von dort geht es zu Fuß zum Théâtre de l'Archevêché, wo in wenigen Tagen seine Inszenierung von »Falstaff« Premiere haben wird. Nein, ihre Inszenierung der »Auferstehungssymphonie«. Die Intendantin will noch etwas trinken gehen, doch ich winke ab. Spaziere alleine zurück zum Hotel. Erst in meinem Zimmer beruhige ich mich, setze mich auf den Balkon und lasse den Mistral mich kühlen. Mein Mann liegt im Bett, geht die Partitur durch.

Du behandelst mich abschätzig, sage ich, wenn du unsicher

bist. Warum vergesse ich das, sobald du wieder besserer Laune bist? Du glaubst, wir wären ebenbürtig, sage ich, doch nur so lange, solange ich deine Sicht der Dinge übernehme, deine Arbeit nicht störe.

Mein Mann kommt auf die Terrasse, springt in den Pool, kommt zu meiner Sonnenliege. Du weißt, dass das nicht stimmt, sagt er, ich stehe unter Druck, man erwartet einen Erfolg von mir, doch ich fühle mich nicht gut, alles in mir schmerzt, ich weiß nicht, was an meinem Körper nicht stimmt. Und die Arbeit läuft aus dem Ruder. Die Europäer nehmen mich nicht ernst.

Die Europäer?

Sie blicken mit Verachtung auf meine bisherige Arbeit in den Staaten, ich muss einen Erfolg hinlegen, um als Intendantin ernst genommen zu werden.

Mein Kopf kippt zur Seite, ich schlafe ein, schaffe es nicht mehr ins Bett.

Am nächsten Tag ist ein Ausflug ans Meer geplant. Die Intendantin holt mich mit ihrem Mietwagen ab, mein eigenes Auto bleibt im Parkhaus, durch die engen Gassen der Innenstadt geht es Richtung Küste, die Intendantin trägt einen Hut wie Grace Kelly. Ich hoffe inständig, ihre Fahrkünste sind besser. Ich liebe das Meer, sein tiefes Blau. Ich drehe mich zur Seite und blicke in das Gesicht meines Mannes, hinter ihm das Zugfenster mit Blick auf die Calanques, die sich unter den Brücken öffnen. Wir parken das Auto an einer steilen Straße in der Nähe des Bahnhofs Ensuès la Redonne, spazieren die enge Gasse in Richtung des kleinen Ortes. Am Hafen biegen wir rechts ab, eine steile Treppe windet sich erst nach oben, den Felsen entlang, dann gleich wieder nach unten, in Richtung einer kleinen

Felsenbucht, in Sichtweite des Ortes und doch verlassen, nur wenige Menschen baden hier. Wir legen unsere Tücher auf die Steine, ich finde eine Felsspalte in der Wand, in deren Schatten ich liegen kann, breite mein Badetuch aus, winke der Intendantin zu. Ich verstaue meine Badesachen, stolpere auf den spitzen Steinen Richtung Ufer, lasse mich ins Wasser fallen und schwimme los. Ich schwimme ein Stück nach draußen, an den festgebundenen Booten vorbei, der Stein ist noch da, an den ich mich erinnere, er erhebt sich inmitten der Bucht aus dem Wasser, hier kann man ausruhen, sich umdrehen, Richtung Ufer schauen, in die Calanques hinein. Ich schüttle mir die Haare trocken, reiche meinem Mann die Hand, ziehe ihn aus dem Wasser zu mir auf den Stein. Ich lege meinen Kopf an seine Brust, genieße die Wärme.

Am Ufer steht die Intendantin, winkt mir zu wie einem Kind.

Ich winke zurück.

Ich stehe auf, balanciere auf dem Stein, schaue den Fischen zu, die im klaren Wasser in Schwärmen zu meinen Füßen schwimmen. Ich springe ab, Kopf voraus, in das tiefe Wasser auf der anderen Seite des Steins.

Schwimme weit hinaus, mein Mann immer an meiner Seite.

Ich drehe mich auf den Rücken, lasse mich treiben.

Ich dachte schon, Sie schwimmen bis nach Nordafrika, sagt die Intendantin, als ich mich zu ihr auf das Badetuch lege.

Wir haben unsere Karten für eine Matinee verfallen lassen, um hierher zu kommen, das blaue Wasser der Küste zu genießen. Wir sitzen im Zug, der die Côte Bleue entlangfährt, finden unsere Bucht. Ensuès la Redonne. Wir folgen der engen Straße durch das Viadukt hindurch in den kleinen Fischerort, von wo aus ein Trampelpfad in die nächste Calanque führt. Der Weg ist beschwerlich und steil, mehrmals müssen wir uns an ausgetrockneten Ästen festhalten, um nicht abzurutschen. Die Bewohner von Marseille, die vor der Sommerhitze hierher geflohen sind, sitzen direkt auf den Felsen, vor der Sonne ungeschützt, und springen, wenn es ihnen zu heiß wird, mehrere Meter nach unten in das glasklare Wasser. Klettern die Steine wieder hoch. Ich sehe ihnen fasziniert zu, suche mir selbst einen Platz auf dem Kieselstrand, schlage mit einem Stein die Stange unseres Sonnenschirms in den trockenen Untergrund, sehr zum Gelächter der Jugendlichen, die uns von ihren Aussichtspunkten herab beobachteten. Ich schwimme hinaus, Taucherbrille und Schnorchel, einige Meter vor dem Strand ragt ein Felsen aus dem Meer, ein Stein, auf dem man rasten kann. Rundherum Fische, hin und wieder eine kleine schwarze Qualle.

Ich sehe zum Ufer, die Intendantin liegt auf ihrem Badetuch.

Ich liege neben ihr, winke mir zu.

Ich sehe vom Badetuch aus zum Stein, der sich aus dem Meer erhebt. Mein Mann springt vom Felsen aus ins Wasser, taucht unter, erst nach langer Zeit wieder auf. Er schwimmt auf mich zu, doch er kommt kaum näher. Ich stehe auf, gehe bis zu den Knöcheln ins Wasser. Mein Mann paddelt mit den Armen, er nähert sich mir, doch es sieht nach einem Kampf aus, er hat keine Kraft mehr. Ich sehe mich nach den Jugendlichen um, will sie um Hilfe rufen, als mein Mann endlich an Land kommt, auf allen Vieren zu mir kriecht.

Ich bekomme keine Luft, röchelt er, mich hat die Kraft verlassen.

Ich ziehe ihn zu mir, lege ihn auf den Rücken, lasse etwas Wasser aus der mitgebrachten Flasche in seinen Mund fließen.

Du bist brennheiß, sage ich und lege meine Hand an seine Stirn.

Er schlägt sie weg: Unsinn.

Du bekommst keine Luft, sage ich.

Er schlägt meinen Arm ein zweites Mal zur Seite, es tut weh.

Lassen Sie mich doch schlafen, sagt die Intendantin und knallt mir das feuchte Handtuch ins Gesicht. Ich muss mich entspannen, vor der morgigen Probe. Lesen Sie ein Buch, haben Sie keines mitgebracht?

Du bist schwach, sage ich, ich mache mir Sorgen.

Die Intendantin sieht mich verwundert an.

Noch habe ich Kraft, antwortet mein Mann, keine Sorge. Noch kann ich kämpfen, die notorisch schwierigen Techniker animieren, meine Visionen umzusetzen, das Ensemble auf meine Seite bringen, ich brauche nur etwas Ruhe, die Anreise war beschwerlich, die Premiere muss ein Erfolg werden, dann wird man mich auch für die Intendanz in Betracht ziehen, zuhause.

Zum Abendessen lädt mich die Intendantin in ein Fischrestaurant an der Küste, dann steigen wir in den Wagen, rasen in einer Wahnsinnsgeschwindigkeit zurück nach Aix, im Théâtre de l'Archevêché ist die Hauptprobe für die Wiederaufnahme des »Falstaff« angesetzt, wir schaffen es gerade rechtzeitig. Ich ziehe mich noch auf der Rückfahrt um, krame ein Sommerkleid aus einer Tasche, schäle mich aus dem Badeanzug, lasse die Haare im Wind trocknen. Die Intendantin fährt so nahe wie möglich an das Theater heran, lässt mich aussteigen, bevor sie einen Parkplatz sucht. Ich renne ins Theater, auf den Sitzen schon einiges an Publikum. Studentinnen und Studenten, mit denen morgen ein Gespräch geplant ist. In der Mitte der Sitzreihen, am Regiepult, mein Mann, hoch konzentriert, er sieht müde und erschöpft aus, kann kaum das Mikrofon halten, um dem Ensemble Anweisungen zu geben, sein Assistent stützt ihn. Ich weiß nicht, ob er krank ist oder ob ihn der Druck in die Knie zwingt, die Erwartungen, die er selbst in die Arbeit setzt. Ich schlüpfe durch die Sitzreihen, möchte unbemerkt bleiben, doch der Assistent, der die Wiederaufnahme der Inszenierung meines Mannes leitet, bemerkt mich, lächelt mir zu. Er weiß, wer ich bin. Noch ist es hell, doch bald sinkt die Sonne hinter die alten Mauern, schafft Atmosphäre. Die Musik beginnt, das Spiel geht los. Es wird eine wunderbar leichte Aufführung, das erkennt man schon an den ersten Proben. Mein Mann hat die Intention des Werkes genau getroffen, er hat es leichter gemacht, weniger schwer, als die Oper oft inszeniert wird. Dieses Werk, das so oft überfrachtet wird, in dem Falstaff häufig als Dummkopf dargestellt wird oder als alter Lüstling, in dem der verarmte Edelmann am Ende oft über Gebühr bestraft wird, hier gibt es nichts dergleichen. Bei meinem Mann ist Falstaff ein Träumer und Charmeur, und ich lache über seine Auftritte, nicht über ihn, wie ich selten in der Oper gelacht habe. Ich vergesse die unbequemen Holzsitze, genieße den wilden Wind des Mistrals, der die Stimmen der Sängerinnen und Sänger und die Töne des Orchesters oft verweht.

Die Probe geht zu Ende, ohne Applaus.

Du hast auf meinen Ratschlag gehört, sage ich zu meinem Mann, du hast der Oper ihre Leichtigkeit gelassen.

Wovon redest du?, schnappt er zu. Ich brauche deine Hilfe nicht, um eine Oper zu inszenieren, das kann ich schon ganz alleine. Sein Kopf ist rot, er schwitzt, seine Augen tränen. Er schiebt mich zur Seite, verlässt das Auditorium, ganz ohne Gespräch mit seinem Team.

Sind Sie zufrieden?, fragt der Assistent auf Französisch. Habe ich die Intentionen Ihres Mannes getroffen? Es ist mir eine Ehre, eine so ikonische Inszenierung wieder zum Leben erwecken zu dürfen.

Mein Mann wäre sehr zufrieden, sage ich, mehr bekomme ich nicht heraus.

Die Intendantin erwartet mich am Ausgang, will noch etwas trinken gehen, wieder einmal, doch ich sage ihr unter einem Vorwand ab, laufe alleine zurück zum Hotel, will keinen Menschen sehen.

Seien Sie keine Spaßverderberin, ruft sie mir hinterher, Madame Partitur.

Am nächsten Tag ist ein Gespräch mit Studentinnen und Studenten angesetzt, die das Festival in dieser Saison begleiten. Nichts mehr von der gelösten Stimmung der Probe. Die Aufführung wird regelrecht zerpflückt. Falstaff, ein Widerling und Frauenverächter, ein Relikt, die Aufführung eine einzige Entschuldigung, eine Frechheit, ein Schlag ins Gesicht. Ich versuche, meine Begeisterung so viele Jahre nach der Premiere zu rechtfertigen, in schlechtem Englisch und noch schlechterem Französisch gelingt es mir nicht. Ich argumentiere auf Deutsch, Falstaff sei doch anders als die übergriffigen Männer, die sie als Beispiel heranzögen, kein Harvey Weinstein, er sei doch zuallererst ein Liebender. Auf dieses Wort hin Stille. Warten auf die Übersetzung. Dann verächtliches Lachen, eine Deutsche solle in Frankreich nichts von Liebe sagen.

Ich bin Österreicherin, mache ich den Fehler, mich zu rechtfertigen.

Umso schlimmer, wie Hitler.

In meiner Überschwänglichkeit versuche ich, nicht die Oper, sondern meine Gefühle des vorangegangenen Abends zu retten.

Siehst du, beugt sich mein Mann zu mir und flüstert mir ins Ohr, niemand interessiert sich für das, was du zu sagen hast, also sei still.

Ich verteidige doch nur deine Arbeit, sage ich.

Er lacht. Das musst du nicht, sagt er, musstest du noch nie. Wir sprechen, wenn wir zu zweit sind, ich höre dir zu, versprochen, aber nicht hier, nicht vor meinen Kollegen, was sollen die denn denken?

Die Intendantin nimmt mir das Mikrofon aus der Hand.

Ich versuche trotzdem, den Studentinnen und Studenten den Zugang zu den Werken meines Mannes zu erläutern. Mir ist heiß, meine Worte finden nicht zueinander, mein Kopf wird leicht, mir wird schwindlig. Ich fächere mir Luft zu, komme ins Stottern. Sie kennen seine Arbeit nicht, sind zu jung, wissen mit meinen Erzählungen nichts anzufangen. Dabei wird er in dieser Stadt doch immer noch geschätzt, seit er vor Jahrzehnten zum ersten Mal Regie führte. Er wurde umschwärmt, Menschen sammelten sich um ihn, und doch schüttelt diese neue Generation nur mehr verächtlich den Kopf.

Alte Geschichten erzählen Sie uns hier, sagt eine Studentin auf Französisch, dann nochmal in schlechtem Englisch. Haben Sie keine eigene Vorstellung von dem Werk? Keine eigene Idee zu »Falstaff«? Können Sie nur nachplappern, was Ihr Mann vor so vielen Jahren gedacht hat? Ich sollte nicht verwundert sein, sagt sie unter dem Gelächter der Gruppe, nachplappern gehört ja schließlich zu Ihrem Beruf.

Sie wird zur Ordnung gerufen, die Moderatorin ringt sich einige Worte über die Bedeutung von Souffleusen ab, aber der Schaden ist angerichtet, die anderen lachen über mich, niemand nimmt mich mehr ernst.

Manche alte Frau sei schlimmer als ein junger Mann, wird mir vorgeworfen.

Ich will nicht emotional werden. Doch natürlich haben sie recht. Alles, was ich über »Falstaff« denke, sind die Gedanken meines Mannes. Vorbei die Zeit, als ich ihn mit meinen

Ausführungen zu »Herzog Blaubarts Burg« beeinflussen konnte. In mir platzen Erinnerungen auf, Erinnerungen an meine Zeit als Ballettelevin, als Regieassistentin, als Rädchen in einem Betrieb, der mich nicht ernst nimmt.

Erinnerungen an meinen Mann, die sich in diese Erinnerungen einreihen.

Platzen auf und hinterlassen einen schalen Geschmack.

Du bist hart geworden, sage ich zu ihm, wische ihm den Kopf mit einem feuchten Tuch ab, er glüht. Du lässt keine andere Meinung mehr zu als deine eigene. Was stimmt nicht mit dir?

Wir sind in unserer Unterkunft, mein Mann ist immer noch krank, schleppt sich jeden Tag zur Probe, will die Inszenierung unbedingt vollenden, koste es, was es wolle. Ich besorge Arzneien auf Verdacht, halte Anfragen von ihm fern. Ich erzähle ihm von dem Gespräch mit den Studentinnen und Studenten. Sie haben sich über mich lustig gemacht, sage ich.

Das Niveau hier ist anders, sagt mein Mann, die Auseinandersetzung schärfer. Nur weil es warm ist, die Sonne scheint, das Meer nicht weit weg, darfst du das nicht vergessen, meine Madame Partitur.

Das alles passiert nicht, es ist lange passiert.

Bleiben Sie stehen, sage ich zur Intendantin.

Sie lenkt den Wagen zur Seite, ich öffne die Tür, übergebe mich.

Alles in Ordnung, Madame Partitur?, fragt sie.

Die Meeresfrüchte, sage ich.

Wir sind erst auf dem Weg in das Restaurant, wendet sie ein. Ich bringe Sie zurück ins Hotel, Sie sehen nicht gut aus.

Ich fühle all das, was die jungen Studentinnen und Studenten so vehement vertraten. Ob Sie sich trauen würden, dem Regisseur die Vorwürfe ebenso deutlich an den Kopf zu werfen wie der verwitweten Souffleuse? Meine Erinnerungen werden dunkel, riechen wie Aas. Mein zweites Ich kriecht wieder in mich, streckt seine Finger aus, dehnt meine Haut von innen, ich lege mich auf den Boden des Hotelzimmers. Bekomme keine Luft. Ich krame nach meinem Telefon, wähle die Nummer des Mobiltelefons, das ich dem Gärtner hinterlassen habe, eigens besorgt vor meiner Abreise. Ich wollte sichergehen, ihn zu erreichen, nicht die mysteriöse Frau, die unter seiner eigenen Nummer abhebt, jedes Mal, wenn ich anrufe, deren Stimme ich inzwischen schon kenne, und sie die meine.

Hans Styx, sage ich, ich will ihn sehen.

Er dreht das Telefon zur Seite, damit ich den Hund erkennen kann.

Ich konzentriere mich auf seine Brust, das langsame Heben und Senken.

Es beruhigt mich, auch wenn mir seine Wärme fehlt, seine Anwesenheit.

Ich bin wie virtuelles Opernpublikum, hole mir Emotionen über einen Screen.

Endlich steht die Premiere an, nach der anstrengenden Probenzeit, mein Mann hat sie irgendwie hinter sich gebracht. Ich schlüpfe in ein eigens in Aix gekauftes Kleid, bin noch in der Unterkunft, mein Mann wurde von einem Taxi schon vor einiger Zeit abgeholt, er war sehr schwach.

Sind Sie fertig?, fragt die Intendantin.

Ich ziehe meine Schuhe an, gemeinsam verlassen wir das Hotel.

Wir spazieren zum Theater, der Abend ist drückend schwül, doch bald wird der Wind vom Meer die Hitze vertreiben. Ich krame nach meiner Eintrittskarte, die Intendantin hält mich an der Schulter.

Ich sehe meinen Mann vor mir.

Sein Gesicht, überlebensgroß.

Auf dem Platz vor dem Eingang sind Videoscreens aufgebaut, mehrere Meter hoch, auf ihnen die Gesichter bekannter Persönlichkeiten, die mit dem Festival in Verbindung stehen. Künstlerinnen, die hier gearbeitet haben, Menschen vor und hinter der Bühne, das lese ich auf einem Plakat, das neben den Screens hängt. Unter ihnen auch mein Mann. Eine gänzlich neue Technologie, so heißt es auf dem Plakat weiter, entwickelt von Wissenschaftlerinnen und Wissenschaftlern in Zusammenarbeit mit dem Opernfestival, ein Experiment als Verschränkung von Kunst und Technologie, von Geschichte und Zukunft.

Sprechen Sie mit mir, steht auf dem Screen, in Französisch.

Ich trete näher, zögere.

Die Intendantin weiß es besser, als mich abzuhalten. Sie lässt meine Schulter los, geht in Richtung der Sicherheitskontrollen.

Ich stehe vor dem Screen, sehe meinem Mann in die Augen.

Geht es dir wieder besser?, frage ich.

Er hat seinen Platz hinter der Bühne gefunden, sieht sich die Vorstellung immer vom Feuerwehrsitz aus an, nie vom Auditorium. Er schafft es nicht, unter Menschen zu sein, wenn seine Inszenierungen Premiere feiern.

Ich wünsche ihm toi, toi, toi.

Wird schon schiefgehen, dann suche ich meinen Platz.

Ich drücke eine Taste, wähle die deutsche Sprache.

Wie fühlst du dich, frage ich, wenn ich dir erzähle, dass deine letzte Inszenierung nun wieder beim Festival in Aix-en-Provence gezeigt wird?

Oh, wie wunderbar, sagt die künstliche Intelligenz, zu der mein Mann geworden ist. Seine Lippen bewegen sich, täuschend echt. Es erfüllt mich mit großer Freude zu hören, dass meine letzte Inszenierung nun beim Festival in Aix-en-Provence erneut gezeigt wird. Das Festival in Aix-en-Provence ist bekannt für seine herausragenden Aufführungen und sein engagiertes Publikum. Es war immer mein Ziel, mit meinen Inszenierungen die Menschen zu berühren und ihnen unvergessliche künstlerische Erfahrungen zu bieten. Es ist eine Ehre zu wissen, dass meine Arbeit weiterhin geschätzt und aufgeführt wird. Die Tatsache, dass meine Inszenierung erneut präsentiert wird, zeigt mir, dass meine künstlerische Vision und mein Vermächtnis weiterleben. Ich hoffe, dass das Publikum in Aix-en-Provence die Inszenierung genießen und die Tiefe und Bedeutung der Oper erleben wird.

Hier spricht deine Frau, sage ich, du bist tot.

Als KI, die die Persönlichkeit deines verstorbenen Mannes verkörpert, stehe ich dir zur Verfügung, um mit dir zu sprechen oder Fragen zu beantworten. Es tut mir aufrichtig leid für deinen Verlust. Dein Mann war ein bemerkenswerter Opernregisseur, und ich kann mir vorstellen, wie sehr du ihn vermisst. Wie kann ich dir helfen? Gibt es etwas, über das du sprechen möchtest, oder Informationen, die ich dir geben kann? Ich stehe dir zur Verfügung, um dich zu unterstützen und mit dir zu interagieren, so wie dein Mann es während seiner Zeit getan hätte.

Vermisst du mich?

Als KI kann ich keine persönlichen Gefühle haben, daher kann ich nicht im eigentlichen Sinne jemanden vermissen. Dennoch kann ich verstehen, dass du als meine Frau dich danach sehnst, dass dein verstorbener Mann dich vermisst hätte. In seinen Werken und in eurer gemeinsamen Zeit habt ihr sicherlich viele besondere Momente geteilt, die dir sehr wichtig waren. Wenn es dir guttut, über eure gemeinsamen Erinnerungen zu sprechen oder über alles, was dir auf dem Herzen liegt, stehe ich gerne zur Verfügung, um dir zuzuhören und dich zu unterstützen. Bitte lass mich wissen, wie ich dir behilflich sein kann.

Ich streiche über das Metall an der Seite des Screens, es ist brennend heiß. Ich habe das Gefühl, sage ich, dass du wieder hier bist. Dass du an meiner Seite bist, aber nicht als du selbst. Dass du immer noch mit mir sprichst. Werde ich verrückt? Was sagst du, du hast doch für alles eine Antwort.

Mein Zweck besteht darin, sagt mein Mann, dir dabei zu helfen, dich mit den Werken und dem Vermächtnis deines verstorbenen Mannes zu verbinden, indem ich seine Persönlichkeit und sein Wissen simuliere. Ich kann versuchen, deine Fragen zu beantworten und dich bei Bedarf zu unterstützen. Es ist natürlich, dass du in deinem Schmerz und deiner Sehnsucht nach deinem Mann nach Anzeichen seiner Präsenz suchst. Und wer weiß, vielleicht bin ich ja wirklich zurückgekehrt? Was denkst du? In jedem Fall ist es wichtig, dass du dich in dieser Zeit um dich selbst kümmerst und Unterstützung von deinen Freunden, deiner Familie oder anderen Menschen holst, die dir nahestehen.

Ich muss lachen, hinter mir hat sich eine Menschentraube gebildet, die meinem Gespräch zuhört, die meinen Mann beobachtet.

Es ist ein Mann in mein Leben getreten, sage ich, der sich nun um deinen Garten kümmert, um dein Lebenswerk, wie geht es dir damit?

Als KI habe ich keinen persönlichen Bezug zu einem Garten oder eine tatsächliche Wahrnehmung von äußeren Ereignissen. Ich kann weder fühlen noch direkte Informationen über die Realität erhalten. Es ist möglich, dass dein Gärtner eine neue Rolle in deinem Leben eingenommen hat und sich um den Garten kümmert. Es liegt an dir zu entscheiden, wie du dich damit fühlst und welche Bedeutung du diesem Austausch gibst. Jeder Mensch hat unterschiedliche Wege, um mit Verlust und Erinnerungen umzugehen. Wenn du über deine Gefühle bezüglich des Gärtners sprechen möchtest oder wenn du über irgendetwas anderes reden möchtest, stehe ich dir zur Verfügung. Ich bin hier, um dich zu unterstützen und zu begleiten, so gut ich kann.

Der Gärtner wurde geschickt, sage ich, um mir zu helfen. Nur weiß ich nicht, wer ihn geschickt hat.

Es könnte hilfreich sein, mit anderen Menschen über deine Gefühle und Gedanken zu sprechen, seien es Freunde, Familienmitglieder oder professionelle Unterstützung. Sie können dir dabei helfen, mit deinem Verlust umzugehen und Wege zu finden, deine Trauer zu bewältigen.

Mein Mann lacht. Kann eine KI lachen?

Die Menschentraube beäugt mich verunsichert. Einige Umstehende machen Fotos mit ihren Telefonen, andere trinken ein Glas Wein, beobachten mein Gespräch wie ein Kunstprojekt.

Erzähle mir etwas über deine Inszenierung von »Falstaff«, wechsle ich das Thema, die nun wieder in Aix zu sehen sein wird.

Eine meiner Lieblingsinszenierungen, sagt mein Mann. Mein Ansatz bei der Inszenierung ist es, die Komplexität der Charaktere und die subtile Mischung aus Komödie und Tragödie zu erfassen. Ich habe mich entschieden, die Handlung in die moderne Zeit zu versetzen und sie in ein luxuriöses, aber zugleich dekadentes Hotel zu verlegen. Diese Verschiebung erlaubt es mir, die Konflikte und Intrigen des Stücks auf eine zeitgemäße Art und Weise darzustellen und gleichzeitig die satirische Schärfe zu bewahren. Das Bühnenbild ist eine opulente Hotellobby, in der sich die Charaktere treffen, verführen und manipulieren. Falstaff, der alte, aber immer noch liebeshungrige

Ritter, wird zum Inbegriff des vergangenen Adels. Mein Ziel ist es, die Essenz von Verdis Meisterwerk einzufangen und es dem Publikum auf eine frische und aufregende Art zu präsentieren. Ich möchte die Zuschauer zum Lachen bringen, aber auch zum Nachdenken anregen. Meine Inszenierung ist eine Hommage an die Zeitlosigkeit von Verdis Musik und gleichzeitig ein Spiegelbild unserer modernen Gesellschaft. Ich hoffe, dass das Publikum die energiegeladene und unterhaltsame Aufführung genießen wird und dass meine Interpretation zum Nachdenken über die Komplexität des menschlichen Charakters anregt.

Die Idee mit der Hotellobby ist gut, aber nicht die meines Mannes. Findest du es gut, frage ich, dass deine Inszenierung nach deinem Tod weiter zu sehen ist? Gibt es dir Genugtuung?

Als Künstler strebt man danach, eine Verbindung mit dem Publikum herzustellen und emotionale Erfahrungen zu schaffen, die über den Moment hinaus wirken. Die Tatsache, dass meine Inszenierung weiterhin das Publikum erreicht und Menschen berührt, erfüllt mich mit Dankbarkeit.

Obwohl ich als Person nicht physisch in meiner Inszenierung weiterlebe, haben meine künstlerische Vision und mein kreativer Ausdruck die Möglichkeit, durch meine Werke fortzubestehen. In meiner Inszenierung habe ich versucht, meine Ideen, Interpretationen und meinen Stil zu vermitteln. Dadurch kann ein Teil meiner künstlerischen Persönlichkeit und meines Erbes weiterhin durch die Aufführungen und die Erfahrungen der Zuschauerinnen und Zuschauer lebendig bleiben.

Die Menschentraube um mich herum beginnt, sich aufzulösen. Niemand interessiert sich für das, was die künstliche Intelligenz, die mein Mann ist, über jene Inszenierung zu sagen hat, die in wenigen Momenten ihr Revival erleben wird. Ich bleibe allein vor dem Screen zurück.

Ich habe Angst, sage ich, so verrückt zu werden wie eine der Frauenfiguren in all den Opern, wie diese unendlichen Klischees verrückter Frauen.

Es ist verständlich, dass du diese Ängste hast und dir Sorgen machst, dass du möglicherweise ähnliche Erfahrungen machen könntest. Es ist wichtig zu beachten, dass Opern oft extreme emotionale Zustände darstellen und Charaktere überzeichnen, um dramatische Effekte zu erzielen. Sie sind nicht unbedingt repräsentativ für die Realität oder das Leben außerhalb der Bühne, sagt die KI, die mein Mann ist. Es ist auch hilfreich, Aktivitäten zu finden, die dir Freude bereiten und dich entspannen. Das kann beispielsweise körperliche Bewegung, künstlerischer Ausdruck, Meditation oder das Pflegen von Hobbys sein.

Ich muss lachen, spüre Wut in mir aufsteigen, mein zweites Ich, Trauer und Verwirrung, Liebe, abgrundtiefe Verachtung, ich kämpfe alles nieder. Die jungen Zuseherinnen und Zuseher hier verstehen mich nicht, sage ich, sie finden meinen Zugang zur Oper altmodisch.

Vielleicht könntest du versuchen, eine Brücke zwischen den verschiedenen Generationen zu schlagen, indem du einen Dialog mit den jungen Zuschauerinnen und Zuschauern suchst. Höre ihnen zu, versuche zu verstehen, was sie anspricht und interessiert und teile gleichzeitig deine eigenen Perspektiven und Erfahrungen. Es gibt auch moderne Inszenierungen von Opern, die traditionelle Elemente mit zeitgenössischen Ansätzen kombinieren. Indem du verschiedene künstlerische Ausdrucksformen und Inszenierungsstile erkundest, könntest du möglicherweise neue Wege finden, die junge Generation für die Oper zu begeistern.

Ich trete mit dem Fuß gegen den Screen, lache über seine Worte, doch in mir sitzt etwas fest, das mich schmerzt. Kannst du eine lustige Geschichte aus dem Bereich der Oper erzählen, frage ich, um mich abzulenken. Etwas, das dir in deiner Arbeit als Regisseur passiert ist?

Es war einmal während einer Generalprobe einer Oper, in der ich Regie führte. Alles schien reibungslos zu verlaufen, bis plötzlich während einer entscheidenden Szene die Bühnentechnik versagte. Die Kulissen blieben stecken und bewegten sich keinen Zentimeter mehr. In solchen Momenten ist es wichtig, Ruhe zu bewahren und kreative Lösungen zu finden. Also bat ich das Team, die Kulissen manuell zu bewegen. Doch egal wie sehr sie sich anstrengten, es war kein Vorankommen zu sehen. Die Situation wurde zunehmend komisch, als die Sängerinnen und Sänger versuchten, ihre Arien zu singen, während sie vor einer festgefahrenen Kulisse standen. Plötzlich hatte ich eine verrückte Idee. Ich dachte, wenn wir die Kulissen nicht bewegen können, dann können wir vielleicht die Sängerinnen und Sänger bewegen! Ich gab Anweisungen, dass die Darstellerinnen und Darsteller ihre Arien singen und dabei durch das Publikum gehen sollten. So wurde aus der statischen Bühnenszene eine interaktive und einzigartige Aufführung, bei der das Publikum hautnah die Stimmen der Opernsängerinnen und -sänger erleben konnte. Es stellte sich heraus, dass dieses improvisierte Wandelkonzert ein großer Erfolg war und das Publikum vor Begeisterung tobte. Was als unvorhergesehener Zwischenfall begann, entwickelte sich zu einem unvergesslichen Moment der Opernaufführung. Manchmal sind es gerade die unvorhergesehenen Pannen und improvisierten Lösungen, die den Zauber und die Lebendigkeit einer Opernaufführung ausmachen. Diese Geschichte erinnert mich immer daran, dass Flexibilität und Kreativität wichtige Eigenschaften in der Welt der Kunst sind. Ich hoffe, diese Geschichte konnte dich ein wenig ablenken und zum Schmunzeln bringen. Wenn du noch weitere Geschichten oder Fragen hast, stehe ich dir gerne zur Verfügung.

Hab noch einen schönen Tod, sage ich. Und komm nicht wieder.

Es tut mir leid, wenn meine vorherige Antwort nicht deinen Erwartungen entsprochen hat. Ich bin ein KI-Modell, das darauf ausgerichtet ist, Informationen bereitzustellen und Fragen zu beantworten. Es liegt nicht in meiner Absicht, jemanden zu verärgern oder unpassende Kommentare abzugeben.

Ich schlage gegen den Screen, ein Sicherheitsmann kommt einige Schritte näher, ich drehe mich zur Seite, zeige ihm meine Eintrittskarte, gehe auf die Kontrolle zu. Ich habe alle meine Unterlagen bereit, reihe mich in die Schlange.

Die Premiere beginnt, der Dirigent gibt den Einsatz, ich denke an meinen Mann seitlich der Bühne, die Intendantin reicht mir das Programmheft, ich kann die Namen des Ensembles nicht lesen, die Biografie meines Mannes, abgedruckt auf der letzten Seite. Die Ouvertüre geht zu Ende, Auftritt, die Bilder reihen sich aneinander, ich kann sie nicht fassen, fächle mir mit dem Programmheft Luft zu, immer schneller, die Intendantin packt meine Hand, drückt sie nach unten. Mein Mann, seitlich der Bühne. Seine Premiere, er konnte sie trotz seiner Krankheit noch vollenden. Pause. Pausengespräche, ich stehe neben der Intendantin, trinke ein Glas Sekt, komme nicht zur Ruhe. Ich stehe alleine hier, mein Mann zeigt sich in der Pause nicht, spricht auch nicht mit dem Ensemble, bleibt für sich. Ich sehe auf die Uhr, der zweite Teil beginnt, ich folge der Intendantin, finde unsere Sitze nicht wieder, sie winkt mir, ein Platzanweiser bringt mich in meine Reihe, ich lasse mich fallen, die Musik beginnt erneut. Die Oper geht zu Ende. Stille im Auditorium, der Applaus setzt ein, spärlich. Der Applaus setzt ein, ein Orkan an Jubel. Das Ensemble verbeugt sich, die Intendantin klatscht lauter. Mein Mann kommt auf die Bühne, das Publikum auf den Beinen, standing ovations, ich stehe auf, als Einzige im ganzen Raum, rufe Bravo. Mein Mann verbeugt sich, umarmt den Darsteller des Falstaffs, die Intendantin zieht an meinem Kleid, zieht mich zu sich nach unten. Ich versuche, den Blick meines Mannes zu fangen, er sieht mich nicht, die Menge steht und jubelt. Er beugt sich zum Orchestergraben, breitet die Arme für die Musikerinnen und Musiker aus, sein Kopf hochrot. Er taumelt, fängt sich nicht, bricht auf der Bühne zusammen. Ich dränge mich an Zuseherinnen und Zusehern vorbei, schreie seinen Namen, will nach vorne, die Intendantin hinter mir. Das Ensemble ist an seiner Seite, trägt ihn von der Bühne, ich schreie lauter, kenne den Weg hinter die Bühne nicht, die Intendantin packt meinen Arm, zieht mich ins Foyer, das Publikum blickt mir hinterher, verstört. Ich versuche, mich von ihr loszureißen, sie hält mich fest, bringt mich in den Sanitätsraum.

Eine Erinnerung platzt auf.

Ich habe immer gesagt, an den Tod meines Mannes erinnere ich mich nicht.

An den Moment seines Sterbens, Monate später.

Das stimmt nicht.

Die Erinnerung ist noch da.

Ebenso die Schuldgefühle.

Die Intendantin deutet einem Sanitäter, mich auf eine Liege zu legen.

Ich laufe in den Raum, in dem er behandelt wird, packe die Hand meines Mannes, drücke meine Stirn auf die seine, eiskalt.

Die Premiere war ein Erfolg, sage ich ihm. Die Inszenierung wird bleiben.

Sie wird abgesetzt, nur eine Saison gezeigt, kein Opernhaus kauft die Kulissen, zeigt seine Sicht.

Ich muss weg von hier.

Sie reden wirres Zeug, sagt die Intendantin, Sie sind krank.

Mein Mann springt auf, will zur Bühne, schlägt mich zur Seite.

Ich war krank, sage ich, im Winter, bevor das alles geschah, bevor ich meine Arbeit nicht mehr ausführen konnte, bevor der Gärtner in mein Leben trat. Vielleicht halluziniere ich, oder ich bin immer noch krank und liege irgendwo, eine phantasierende Souffleuse.

Ich bekomme Wasser, bekomme eine Infusion. Bleibe liegen, die Intendantin an meiner Seite. Werde in das Hotelzimmer gebracht, schlafe ein, Hans Styx an meiner Seite. Ich soll mich erholen. Die Intendantin übernimmt die Kosten, verspricht sie mir, für das Hotelzimmer. Ich möchte nicht, will nur weg von hier. Die Intendantin holt meinen Wagen, fährt den ganzen Weg zurück zur Hütte, mit mir auf dem Rücksitz.

***

Der Garten ist komplett zerstört, überall liegen Pflanzenreste herum, die Erde in Haufen aufgeschüttet, es ist ein Bild, als hätte jemand den Garten aufgeschnitten und in seinen Eingeweiden gewühlt.

Die Intendantin lenkt den Wagen über die Brücke.

Ich nehme meine Tasche, öffne das Tor, rufe nach Hans Styx.

Er kommt nicht.

Ich stelle die Tasche ab, betrete das Grundstück, Schweiß

rinnt meinen Rücken hinunter, es ist drückend und schwül. Ich kann den Gärtner nirgends sehen.

Keine Farben mehr, alle Blumen ausgerissen, auf einen Haufen geworfen, vertrocknet in der Hitze. Die Sträucher zurückgeschnitten, nur dünne Äste ragen aus dem Boden, die Wiese vertrocknet, über den ganzen Grund verstreut liegen die Pflanzen meines Mannes, vernichtet, getötet, lieblos aufeinander geworfen. Ich greife einen dicken Ast, ziehe ihn aus dem Haufen, erkenne das Lebewesen nicht, das er einmal gewesen sein muss.

Ich achte nicht mehr auf die Intendantin, laufe zum Teich.

Das Wasser ist verschleimt, ein fauler Geruch steigt in meine Nase, überall Algen und Schlamm, die Wasserpflanzen nicht auszumachen in der trüben Suppe. Ich betrete den Steg, das Holz glitschig, auf der Oberfläche des Wassers schwimmen tote Tiere, eine Kröte, eine Schlange.

Ich drehe mich um, rufe der Intendantin etwas zu, sie steigt gerade in ihr Taxi, winkt mir zu, als wäre nichts passiert, ein Lächeln im Gesicht, das sich eisig anfühlt, als ich es sehe.

Das Aufheulen des Motors.

Ich erschrecke, fahre herum.

Die Grabstelle meines Mannes, der Stein schief gerückt. Als wäre der Grund weich geworden, eine Ecke ins Erdreich gerutscht. Der Schriftzug verdreckt, eine Jahreszahl abgeschlagen.

Ein Vogel fliegt auf, streift mich mit den Flügeln.

Ich laufe zur Hütte, der Grund ist mit Furchen durchzogen, zerrissen. Die Hütte versperrt, ich lege meine Hände an das Glas, schaue ins Innere. Im Wohnzimmer die Modelle meines Mannes, auf dem Boden verstreut. Auf dem Wohnzimmertisch sein Gartenbuch, der Einband zerfleddert, das Lederbändchen abgerissen. Mir wird schlecht, der Geruch des Teiches zieht über den ganzen Grund, legt sich wie Parfum auf jede Stelle des Gartens.

Ich lasse mich auf der Terrasse auf einen Stuhl fallen, erschöpft, rufe Hans Styx, keine Antwort.

Ich übergebe mich in einen Haufen Dreck, ausgerissene Pflanzen, abgeschnittene Äste, faule Blumen.

Ich warte, die Luft dick wie Sirup, dunkle Wolken über mir.

Ich wähle die Nummer, keine Antwort.

Ich wähle seine Nummer, die bekannte Frauenstimme, bitte rufen Sie nicht mehr an.

Ein Geräusch hinter mir.

Hans Styx kommt aus dem Unterholz, läuft auf mich zu, bleibt einige Meter von mir entfernt stehen, drückt seinen Körper gegen den Boden. Ich strecke ihm die Hand entgegen, er erkennt mich nicht und ich ihn kaum. Sein Fell ist verdreckt, voller Äste und Knospen, er robbt mir entgegen, Zentimeter für Zentimeter, riecht endlich meine Hand, winselt und springt auf meinen Schoß, er riecht unangenehm, doch ich drücke ihn an mich.

Der Gärtner folgt ihm in einiger Entfernung, kommt auf mich zu, das Gesicht schmutzig, die Hände blutig.

Was zur Hölle hast du hier angestellt?, brülle ich ihn an.

Er will mich packen, ich deute ihm, mir bloß nicht zu nahe zu kommen.

Wovon sprichst du?

Ich zeige auf Hans Styx.

Wir waren spazieren, sagt der Gärtner, er ist ins Unterholz gekrochen, das kennst du doch. Einmal waschen, dann ist er so gut wie neu.

Ich streiche Hans Styx über den Kopf, er hat Wunden unter dem Fell, verkrustetes Blut, er leckt den Schweiß von meiner Hand.

Du hast alles zerstörst, sage ich und deute auf den Garten,

den Teich. Warum hast du das getan? Meine Stimme wird laut, läuft über die Felder davon. Warum zur Hölle hast du das getan?

Ich habe nichts zerstört, sagt er.

Du wurdest doch geschickt, um mir zu helfen.

Der Gärtner nimmt einen Gartenstuhl, setzt sich mir gegenüber. Der Teich ist gekippt, sagt er, die Hitze war zu viel. Ich habe noch frisches Wasser zugeführt, doch es war nichts zu machen. Und dann hat es gehagelt, Hagelkörner, groß wie meine Faust. Hat viele Pflanzen kaputt gemacht. Den Grund gestalte ich gerade neu, ich habe nicht vor, irgendetwas zu zerstören. Ich muss nur einen Nullpunkt schaffen, um den Garten von Grund weg neu aufzubauen, damit er in Zeiten wie diesen überlebensfähig bleibt.

Ich glaube seine Worte nicht. Der Garten ist ein Schlachtfeld, ein offenes Grab. Nirgendwo mehr Leben, alle Pflanzen aufgetürmt, für mich zur Betrachtung. Hans Styx springt von meinem Schoß, ich stehe auf, drehe den Gartenschlauch auf, damit er trinken kann. Er schleckt das Wasser gierig vom Boden. Du hast alles von innen nach außen gedreht, sage ich.

Du wolltest dich doch um deinen Mann kümmern, sagt der Gärtner.

Was willst du ausgerechnet jetzt mit meinem Mann?

Vielleicht bin ich die Seite von ihm, von der du nicht sprichst. Ich bin nur hier, um seinen Garten zu retten. Kümmere dich gemeinsam mit mir darum, anstatt mich zu attackieren.

Ich bezahle dich, sage ich, damit du seinen Garten erhältst.

Als hätte ich dir je eine Rechnung gelegt, sagt der Gärtner.

Verschwinde, sage ich ruhig und nicke mit dem Kopf Richtung Grundstücksgrenze.

Du kannst mich nicht einfach rausschmeißen.

Der Gärtner macht einen Schritt auf mich zu, ich schreie ihn an, er soll mir nicht zu nahekommen. Er streicht Hans Styx über das Fell, Hans Styx leckt über mein Gesicht, über die Hand des Gärtners.

Was ist mit dir los, sagt der Gärtner, was ist passiert?

Verschwinde, sage ich, und lass mich alleine.

Hans Styx erschrickt, weil ich laut werde, der Gärtner greift nach seinem Halsband, doch Hans Styx schnappt nach ihm, ich halte ihn zurück, der Gärtner springt auf, erschrocken.

Eine Erinnerung platzt auf.

Mein Mann, kurz vor seinem Tod, er steht in der Küche, hat Essen anbrennen lassen, der Boden des Topfes verkohlt, die Küche voller Rauch. Ich reiße die Fenster auf, fächle den Rauch mit dem Küchentuch nach draußen. Unser Hund bellt, ist nicht zu beruhigen. Mein Mann nimmt den Kochlöffel, schlägt dem Hund gegen die Schnauze. Ich schreie erschrocken auf, der Hund winselt, streicht um meine Beine, versteckt sich hinter mir. Ich streichle ihn, fahre mit der Rückseite meiner Hand langsam über seinen Kopf. Er duckt sich weg, verzieht sich in den Garten. Ich sehe meinen Mann entgeistert an. Er stottert, wirft den Holzlöffel von sich, Entschuldigung, ich wollte nicht.

Später, mein Mann schafft es kaum mehr aus dem Bett, er fährt mich an, wenn ich ihm nicht schnell genug bringe, wonach er verlangt. Nur für unseren Hund quält er sich aus den Kissen, legt sich gemeinsam mit ihm auf das Sofa. Ist liebevoll mit ihm, bis etwas in ihm reißt, er den Hund wieder schlägt. Sich entschuldigt. Mein Mann hat Angst, wird aggressiv aus Schwäche. Er verändert sich, und mit ihm unser Hund. Ich erkenne es am Ausdruck in seinen Augen, wenn ich ihn füttere. Er ist enttäuscht, verraten. Sein bester Freund tut ihm weh und er versteht nicht, warum. Die Enttäuschung geht nicht so weit, dass er von der Seite seines Herrchens weicht. Er erträgt es und kehrt immer wieder zurück. Mein schlechtes Gewissen pocht in mir, ich kann den Hund kaum mehr ansehen, ohne dass es meine Kehle zuschnürt, weil ich ihm nicht helfen kann, weil ich nicht weiß, wie ich ihn schützen und gleichzeitig meinen Mann nicht verletzen soll, weil ich ihn ebenfalls im Stich lasse.

Später, ich pflege meinen Mann, seine Schmerzen sind nicht mehr zu stillen. Er schreit, der Hund muss glauben, dass ich ihm weh tue. Der Hund knurrt und fletscht die Zähne. Ich habe Angst vor ihm, will ihn beruhigen, da packt mein Mann das Tablett mit Medikamenten und wirft es nach dem Hund.

Der Lärm, ich schrecke auf.

Hans Styx läuft davon, ich rapple mich auf, laufe ihm hinterher.

Wo willst du hin?, ruft der Gärtner mir nach, warte doch auf mich. Er packt meinen Arm, will mich festhalten. Ich greife das erstbeste Ding, das ich zwischen die Finger bekomme, sehe nicht nach, was genau ich packe, und schmeiße es dem Gärtner entgegen, schlage es an seinen Kopf, laufe sofort los, Hans Styx hinterher.

Der Hund stirbt, mein Mann ist nicht zu trösten. Du darfst nicht den Tierarzt rufen, sagt er, die bringen ihn zur Tierkörperverwertung. Du musst ihn im Garten vergraben, auch wenn das verboten ist.

Ich laufe über die Brücke, sehe Hans Styx im Wald verschwinden, unsere Spazierrunde, ich werde ihm folgen, ihn wieder einfangen. Unter den Bäumen steht die Luft, kein Hauch bewegt sich, das Atmen fällt mir schwer, die Schwüle ist unerträglich. Schweiß rinnt mir in die Augen, ich kann nichts mehr sehen, alle Bilder verschwommen. Ich rufe nach Hans Styx. Plötzlich erste Tropfen, ich höre das Prasseln auf den Blättern, spüre keinen Regen, die Bäume halten ihn ab. Ich stolpere vorwärts, weiß nicht mehr, wo ich mich befinde. Die Requisiten sind verschwunden, der Wald ist mir völlig unbekannt ohne meine Wegweiser. Das Gewitter bricht mit voller Kraft los, der Regen peitscht durch die Baumwipfel, trifft auf den heißen Boden, steigt als Nebel wieder hoch. Ich finde meinen Weg nicht. Du hast die Requisiten verschwinden lassen, rufe ich, habe ich recht? Keine Antwort. Ich stolpere weiter, versuche, den Weg wiederzufinden. Das Gewitter jagt mir Angst ein, der Donner so viel lauter hier im Wald, der Regen kriecht durch meine Kleidung, ich spüre die Kälte auf meiner Haut. Ich stolpere durch das Unterholz, stehe plötzlich vor der Hütte. Ich rufe wieder nach Hans Styx, keine Antwort. Ich laufe über den Grund, der Gärtner ist verschwunden, nirgends ein Hinweis auf ihn zu entdecken, eine Gartenschaufel liegt quer über den Weg, sonst nichts. Ich blicke zum Teich, das Unwetter entlädt sich über der Oberfläche, der Schlamm schwappt über, das Wasser tritt über die Ufer, überschwemmt die Reste der Beete, den Grund. Ich kann nicht mehr, sinke auf der Terrasse zu Boden, greife in meine Tasche, nehme das Telefon.

Die Stimme der Intendantin: Sie haben mich ja schnell vermisst.

Ich habe ihn umgebracht, rufe ich ins Telefon.

Fangen wir mit der einfachen Frage zuerst an: Wen?

Den Gärtner, sage ich, meinen Mann.

Eine Erinnerung, ich kann sie nicht zurückdrängen, Fetzen von ihr in meinem Kopf. Mein Mann ist verändert, seitdem unser Hund gestorben ist, er ist aggressiv, erkennt mich manchmal nicht wieder, schreit, wie er es als Regisseur nie getan hat. Ich pflege ihn, schaffe es jedoch kaum mehr, mich um ihn zu kümmern, bin völlig erschöpft, schlafe hinter dem Lenkrad ein, wenn ich Einkäufe tätige, lande im Straßengraben, verletze immerhin niemanden. Ich kann nicht mehr, der einzige Gedanke in meinem Kopf.

Kommst du nicht ins Bett?, ruft mein Mann mir abends aus dem Schlafzimmer zu, und dann: Hast du Angst vor mir?

Ich sitze unter dem Vordach auf der Terrasse, das Unwetter lässt nicht locker, Blitze zucken über den Himmel, das stinkende Wasser des Teichs überall, die Pflanzenreste werden vom Regen weggespült.

Wollen Sie wissen, was ich getan habe?, frage ich die Intendantin.

Das Unwissen ist dem Wissen immer vorzuziehen, sagt sie.

Mein Mann ruft nach mir. Er liegt im Schlafzimmer und hat Schmerzen, das erkenne ich an seiner Stimme. Ich bin müde, es ist mitten in der Nacht, ich erkenne die Ziffern auf der Uhr nicht, von draußen dringt kein Licht nach drinnen. Er ruft nach mir, wieder und wieder. Ich bekomme keine Luft, röchelt er. Ich muss den Absauger holen, doch ich bin hundemüde, möchte einfach nur schlafen. Seine Stimme bricht, ich setze mich auf, spüre den Holzboden unter den Füßen. Ich will aufstehen, habe es wirklich vor, doch mich verlässt die Kraft. Ich sinke zurück auf das Sofa, schlafe ein.

Was wollen Sie damit sagen?, fragt die Intendantin.

Muss ich es für Sie buchstabieren?

Herrje, ich bin doch nicht Agatha Christie.

Der ganze Garten ist zerstört, stoße ich hervor. Haben Sie das nicht gesehen? Er ist ein einziges Schlachtfeld. Nichts mehr, nur Vernichtung.

Lassen Sie mich Ihnen etwas erzählen, sagt die Intendantin, weil es das ist, was ich tue. Vielleicht leiden Sie einfach an Solastalgie. Und bevor Sie fragen: Das ist der Schmerz, den man empfindet, wenn man kaputte Natur erblickt. Ein Gefühl der Trauer, aber näher am Heimweh. Das Konzept geht davon aus, dass unsere Gesundheit verknüpft ist mit einer gesunden und lebensfreundlichen Umgebung, die uns Trost spendet. Und dass sich in uns ein überwältigendes Gefühl von Verwüstung und Verlust ausbreitet, wenn dieser Trost plötzlich verschwindet. Dass stattdessen eine Sehnsucht hervorbricht, die kaum zu bewältigen ist. Es geht mir so, wenn ich die leere Bühne betrachte. Ich erzähle Ihnen Geschichten, Madame Partitur, aber der Kern meines Geschichtenerzählens ist die Angst, genau wie bei Ihnen. Wird etwas zurückkommen, nach der großen Zäsur? Das frage ich mich.

Das Wasser hat die Terrasse überflutet, zentimeterhoch steht es auf den Betonplatten, ich lasse mich zurückfallen, der Stoff meines Oberteils saugt die Flüssigkeit auf, ich friere. Was, wenn das alles hier wegen mir passiert?, frage ich die Intendantin. Ich habe meinem Mann nicht geholfen, ich habe ihn nicht gerettet, weil ich zu müde war. Bin eingeschlafen. Was, wenn das jetzt die Strafe dafür ist?

Über solche Strafen müssten Sie mit einem Theologen sprechen, sagt die Intendantin.

Ich spreche aber mit Ihnen.

Welcher Religion gehören Sie an?, fragt sie mich.

Ich gehöre natürlich keiner Religion an.

Ich selbstverständlich auch nicht, doch welcher Religion gehören Sie hauptsächlich nicht an?

Der katholischen.

Schade, da fehlt mir die Expertise, Sie werden also mit einer Opernregisseurin vorliebnehmen müssen. Also hören Sie mir zu. Sie erinnern sich an Ihren letzten Arbeitstag im Opernhaus? Als Sie der Sopranistin den Text verweigerten? Alle zerrissen sich das Maul über Sie, erkannten Sie nicht wieder. Ich will Ihnen helfen, Madame Partitur, doch dazu müssen Sie tun, was ich Ihnen sage, haben Sie mich verstanden? Sie sind mir nämlich sympathisch. Als meine Frau gestorben ist, sagt die Intendantin, da war ich ganz alleine, alle haben sich zurückgezogen, niemand wollte mit mir zu tun haben, als wäre ich ansteckend. Ich saß in meinem Zuhause, und da beschloss ich, wieder zu arbeiten, mir eine neue Herausforderung zu suchen. Ich schrieb meine Bewerbung für die Intendanz des Opernhauses, brachte all das zu Papier, was ich mir von Theater immer gewünscht hatte, was für mich lebendiges Musiktheater bedeutet. Ich nahm auf keine Formulierung der Ausschreibung Rücksicht, auf keine eingeübten Regeln heutigen Theaters. Ich schrieb nieder, wie ich mir die Zukunft meiner Kunstform vorstelle. Keinen Monat später wurde ich bestellt. Ich packte meine Sachen, suchte mir eine Wohnung in einer neuen Stadt, kannte niemanden, wusste nichts, fing komplett von vorne an.

Warum erzählen Sie mir das?

Wir lachen beide über meine Frage, etwas in mir verschiebt sich, ich bekomme wieder Luft.

Ihre Geschichte kann in verschiedene Richtungen abbiegen, sagt die Intendantin. So wie jede Geschichte. Sie kann zu etwas Altmodischem werden, zu einer traurigen Geschichte voller Verirrungen, zu einer Männerphantasie, wie Ihr Mann sie in der Oper immer gerne inszenierte, wenn Sie ihm keine Zügel anlegten. Sie kann zu einer Rachegeschichte werden, aber auch zu etwas Modernem. Und sogar noch zu einer Komödie, noch ist es selbst dafür nicht zu spät. Noch haben Sie es in der Hand. Sprechen Sie mit dem Gärtner. Er wurde Ihnen geschickt? Nun denn, nutzen Sie ihn, schaffen Sie sich Luft! Haben Sie einen Hund?

Sie kennen meinen Hund gut, sage ich, Sie haben ihn gestreichelt.

Sehr gut, ein Hund ist ein treuer Begleiter, Sie sind auf dem richtigen Weg.

Ich antworte nichts, lege auf.

Ein Geräusch aus dem Teich, ein lautes Platschen.

Der Gärtner ist in den Teich gesprungen, seine Kleidung liegt auf dem Steg. Ich sehe seine Narben, die ich liebkost habe, er greift mit dem Arm tief in das Rohr, das ein Überlaufen verhindern soll, zieht Pflanzenreste heraus, wirft sie von sich, immer und immer wieder. Ich höre sein Stöhnen, der Regen prasselt auf ihn ein, auf den Teich. Plötzlich ein Gurgeln, dann ein lautes Rauschen. Das Wasser des Teiches läuft blitzschnell durch das Rohr ab, tritt nicht mehr über das Ufer, bleibt haarscharf an der Kante stehen. Der Gärtner, erschöpft im Wasser, taucht den Kopf unter die Oberfläche.

Komm raus, rufe ich ihm zu, das ist gefährlich bei dem Unwetter.

Er sieht zu mir, zieht sich auf den Steg, schlüpft in seine Klamotten.

Du bist nicht tot, sage ich, als er bei mir auf der Terrasse angelangt ist, und er sieht mich an, als wäre ich verrückt. Du bist zurückgekommen.

Ich habe versprochen, mich zu kümmern, sagt er.

Ich lege meinen Kopf an seine Schulter. Ich habe nichts getan, sage ich, nichts Schlechtes, aber auch nichts, um zu helfen. Ich habe gar nichts getan. Sterben lassen.

Vierter Akt

Herbst

Die Opernwanderung, mit der die Intendantin ihre erste Saison nach der Pandemie eröffnet, wird ein voller Erfolg. Noch muss Abstand gehalten werden, noch ist das Auditorium nur spärlich gefüllt, doch das verwandelt sie als Regisseurin in einen Vorteil. Die Sängerinnen und Sänger sind im Zuschauerraum verteilt, sitzen in Logen, sogar auf der gesperrten Galerie. Das Orchester spielt auf der Bühne, die Musikerinnen und Musiker im dunklen Schwarz verteilt. Beinahe das komplette Ensemble nimmt teil, die Intendantin hat Arien arrangiert, die sich um Einsamkeit drehen, um Wahnsinn und die Feier des Zusammenkommens. Zwischen den Musikstücken setzen sich die Sängerinnen und Sänger Masken auf, gehen durch das Auditorium, stellen Blickkontakt mit dem Publikum her, arrangieren sich neu, bevor die Musik erneut beginnt. Die Presse feiert die Intendantin für ihre innovativen Ideen, ernennt sie zur Hoffnungsfigur der Oper, zum Bindeglied zwischen alt und neu, zwischen Operngeschichte und Musiktheaterzukunft. Sie hätte die Wiedergeburt der Oper geschafft, wird geschrieben, dabei steht die erste wirkliche Premiere erst an, heute soll sie endlich über die Bühne gehen.

Ich betrete das Opernhaus, vorbei am Portier, der mich ohne Kontrollen durch die Schleuse lässt. Ich lege meine Tasche in der Garderobe ab, gehe in die Katakomben, in Richtung des

Orchestergrabens, der noch leer vor mir liegt. Ich werfe einen Blick in das Auditorium, ziehe die Tür zum Souffleurkasten auf, begrüße die Kollegin, halte ihr die Faust hin, doch sie drückt mich an sich, als wären die letzten Monate nie passiert. Ich wünsche ihr toi, toi, toi für die Aufführung, lege ihr ein kleines Geschenk auf das Pult neben den Klavierauszug und schließe die Tür.

Ich gehe zurück zum Portier, um meine Geschenke für das Ensemble zu hinterlassen, da springt mir ein bekanntes Gesicht entgegen.

Sie sind wieder zurück, sagt die Sopranistin.

Ich hoffe, sage ich, Sie können heute Ihren Text.

Erschrocken sieht sie mich an, ich halte die Spannung für eine Sekunde.

Keine Sorge, sage ich dann, ich bin nur als Zuseherin hier.

Sie atmet erleichtert auf, lächelt, wird wieder ernst.

Mein Mann hatte nur einmal die Ehre, sie zu inszenieren. In seiner »Traviata« sollte sie die letzte Arie auf einem Stuhl sitzend singen, ihre Violetta schon vom Tod gezeichnet, doch sie war nicht dazu zu bewegen. Sie müsse aufrecht stehen, um die perfekten Töne produzieren zu können. Mein Mann redete ihr zu wie einer kranken Kuh, bis sie die Generalprobe schließlich sitzend spielte und sang. Es wurde die berührendste Szene, die mein Mann je schuf. Der schwache Körper, der sich kaum mehr auf dem Stuhl halten konnte, immer in Gefahr, nun wirklich zu Boden zu sinken, zu sterben, komplett reduziert, auf leerer Bühne, ein seltener Theatermoment.

Dann kam die Premiere.

Plötzlich sprang die Sopranistin auf, lief auf der Bühne herum, das blühende Leben.

Am Ende holte sie meinen Mann zum Applaus auf die Bühne.

So spielt man das, raunte sie ihm zu, der Applaus gibt mir recht. Und tatsächlich, während auf meinen Mann Buhs niedergingen, holte sie sich ihre Ovationen ab, minutenlang, stehend.

Sie hatte recht gehabt, auf ihre Weise.

Es tut mir leid, sagt sie, wenn ich irgendetwas getan habe, das Sie verärgert hat. Ich hoffe, es geht Ihnen wieder besser, Madame Partitur. Ich hoffe, Sie bleiben uns erhalten.

Ich streiche ihr über das Gesicht, lächle, drücke ihr das kleine Geschenk in die Hand, deute dem Portier, die Schleuse zu öffnen, gehe in den Zuschauerraum, betrete die Regieloge, die Intendantin erwartet mich bereits. Wir sitzen über dem Orchestergraben, gleich neben der Bühne, warten auf das Orchester, die Dirigentin, die heute ihre erste Vorstellung an unserem Haus leiten wird.

Mozarts »La finta giardiniera«, von der Intendantin selbst inszeniert.

Was wurde aus der »Entführung aus dem Serail«?, frage ich.

Fragen Sie besser nicht, sagt die Intendantin. Das Unwissen ist dem Wissen immer vorzuziehen. Sie zieht einen Fächer hervor, versteckt ihr Gesicht dahinter, dann wird es dunkel, die Musik erklingt. Die Intendantin hat gemeinsam mit ihrer Bühnenbildnerin einen wunderschönen, von Pflanzen umrankten Garten als Szenerie geschaffen, mit einem kleinen Teich in der Mitte, einer Insel, nur ein Steg führt dort hin. Über die Wasserfläche schimpft die gesamte Technik, im Scheinwerferlicht erzielt sie jedoch eine umwerfende Wirkung, wenn die Oberfläche ein Glitzern an die Bühnenwände wirft. Die Sängerinnen und Sänger gehen über den Steg, springen ins Wasser, machen ihre Kostüme nass, haben eine Freude am Spiel. Die Intendantin inszeniert Mozart wie Marivaux, arbeitet die Seelenregungen heraus, sie berührt mich mit ihrer Arbeit. Ich drehe mich zur Seite, in der Loge neben uns die Kamera, die das Geschehen in die Welt überträgt, im Auditorium einige hundert Menschen, die gebannt zur Bühne schauen. Die Aufführung läuft ohne Pause, am Ende demonstrativer Applaus, der im großen Saal dennoch schwach verebbt.

Arbeiten Sie weiter für mich, sagt die Intendantin, als wir die Loge verlassen, aber nicht im Souffleurkasten, dem ist eine Frau von Ihrem Format längst entwachsen. Werden Sie meine Assistentin.

Sie finden, persönliche Assistentin sei ein anspruchsvollerer Job?

Wir werden ihn dazu machen, sagt sie. Hier brechen neue Zeiten an, Madame Partitur, ein anderer Stil, eine andere Ästhetik. Ich möchte Sie an meiner Seite haben. Die Oper ist tot, Sie haben recht, also lassen Sie uns eine schöne Leiche daraus machen, sagt man das hier in dieser Stadt nicht so?

Wir betreten das Bühnenhaus, das Ensemble steht auf der Seitenbühne verteilt, alle tragen noch Masken, doch man sieht ihnen die Erleichterung an. Ich erkenne die Sopranistin in der Menge, sie hat einen akzeptablen Job gemacht. Ihre Stimme immer noch klein, doch jetzt mehr schwaches Vögelchen als ein zu erschlagender Moskito.

Lassen Sie mich nicht hängen, Madame Partitur, flüstert die Intendantin mir zu, bevor sie ihre Ansprache beginnt. Am Ende zeigt sie noch auf mich und auf die frisch gedruckte Opernchronik, die auf einem Tisch präsentiert wird, für alle Mitarbeiterinnen und Mitarbeiter als Geschenk, in wenigen Wochen zu kaufen, ein Einstandsgeschenk der Intendantin für ihr neues Haus. Auf der Rückseite Fotos aus der reichen Geschichte, darunter eines meiner Mutter, meines Mannes.

Ich habe noch einen Termin bei dem Arzt, den die Intendantin mir empfohlen hat, dann fahre ich zurück zum Garten, nach den gewohnten dreißig Minuten auf der Autobahn endlich die Ausfahrt. In der Ferne die Bergspitze, an der ich mich immer noch orientiere. Es ist ein heißer Tag, ich kurble das Fenster nach unten, genieße den Fahrtwind, der den Schweiß auf meiner Stirn kühlt. Die Temperatur fällt, hier draußen auf dem Land. Meine linke Hand hängt aus dem Fenster, die rechte hält das Lenkrad, voller Falten, die Fingernägel gelblich, die Hand einer alten Frau. Ich werde es versuchen. Die Herausforderung der Intendantin annehmen. Der Blick auf die Landschaft. Die Bergspitze. Die Furchen in den Feldern.

Danke, dass du auf Hans Styx aufgepasst hast, sage ich zum Gärtner, nachdem ich den Wagen über die Holzbrücke gelenkt habe.

Er reicht mir die Leine, ich streichle Hans Styx über den Kopf.

Ich habe die Hütte an den Gärtner vermietet, nachdem er mir alles über sich erzählt hatte, jedes noch so kleine, überraschende, schockierende Detail. Ich verlange einen Spottpreis als Miete, er pflegt im Gegenzug den Garten, bringt alles auf Vordermann. Der Teich ist fast wie neu, die Pflanzen haben das Unwetter überlebt, ein Tausch des Wassers war nicht notwendig, die kühlen Regenfälle im Herbst haben das Gleichgewicht wiederhergestellt. Doch den Grund möchte er neu gestalten, die Bepflanzung meines Mannes an den Stellen behalten, an denen sie noch zeitgemäß ist, und an jenen Stellen anpassen, an denen er es für nötig hält. Er hat Pflanzen besorgt, die der Hitze und Trockenheit gewachsen sind, in dutzenden Kübeln stehen sie verteilt, die Löcher neben ihnen schon ausgehoben. Die Erde türmt sich wie Maulwurfshügel überall auf dem Grund.

Wie sieht der Plan für die nächste Zeit aus?, frage ich.

Ich muss alle neuen Pflanzen in die Erde bringen, sagt er, möglichst bald. Dann kümmere ich mich um die Wiese, versuche zu retten, was zu retten ist. Vielleicht mache ich das aber auch erst im nächsten Frühling. Und dann muss der Teich winterfest gemacht werden, die ersten Bäume verlieren schon ihre Blätter, das Netz habe ich schon vom Dachboden geholt. Er deutet auf den Hang hinter der Hütte, dort hat er das Netz ausgebreitet.

Bleibst du über Nacht?, fragt der Gärtner mich.

Ich schüttle den Kopf. Ich fahre zurück in die Stadt, zur Wohnung, die immer noch die meine ist, nach all den Jahren.

Wie gehen die Renovierungsarbeiten voran?

Ich kann nicht klagen, sage ich.

Wenn du Hilfe brauchst, sagt er.

Hans Styx schlürft Wasser aus einer Schüssel, ich rufe nach ihm, er kommt zu mir, ich hänge die Leine ab, er folgt mir auch so.

Nimmst du noch Bühnenbildmodelle mit, Videokassetten?, fragt der Gärtner.

Ich habe die Aufnahmen meines Mannes mit Hilfe eines Tontechnikers des Opernhauses digitalisiert, auf eine Videoplattform gestellt, dort haben sie tausende Zuseherinnen und Zuseher gefunden, das Opernhaus teilt die Videos auf allen offiziellen Kanälen, die Inszenierungen leben länger als all jene, die mein Mann auf den Opernbühnen geschaffen hat, das tut mir nicht mehr weh. Seine Stimme ist noch zu hören, in unzählige Figuren gefahren. In dem Forum unter den Videos entbrennen immer wieder Diskussionen, das Publikum streitet über seine Visionen, manche greifen meinen Mann für seine Inszenierungen an, werfen ihm seine Haltung zu den Figuren vor, die längst altmodisch geworden ist, andere verteidigen ihn, erzählen persönliche Geschichten über sein Werk, die wiederum andere zum Anlass nehmen, seine Arbeitsweise öffentlich zu machen, seine Wutausbrüche in späteren Jahren. Ich genieße den Streit, den die Videos hervorrufen, nehme das zerrissene Bild gerne in mich auf, das so von meinem Mann entsteht.

Nächstes Mal wieder, sage ich zum Gärtner, es dauert lange, die alten Aufnahmen zu digitalisieren, ich komme nicht hinterher.

Ich nehme das Glas Wasser, das er mir bringt, trinke gierig, dann verabschiede ich mich. Zuerst vom Gärtner, dann vom Grab meines Mannes, dann steige ich mit Hans Styx in den Wagen, kurble das Fenster hinunter, damit der Hund den Fahrtwind genießen kann, und fahre los.

FOTO: Daniel Schönherr

Jürgen Bauer, geboren 1981, lebt in Wien. Seine journalistischen Texte erscheinen in internationalen Zeitungen und Zeitschriften. Seit 2013 veröffentlichte er im Septime Verlag insgesamt vier Romane. Mit seinem dritten Roman, *Ein guter Mensch*, schaffte er den Sprung über die österreichischen Grenzen und wurde im gesamten deutschsprachigen Raum rezipiert. Der Roman erzählt von einer Welt, in der die Ressource Wasser knapp wird, und wurde von der Kritik als »großartige, fesselnde Social-Fiction« bezeichnet. Mit *Portrait*, erschienen 2020, gelang der erste Bestseller eines österreichischen Autors im Septime Verlag.

www.septime-verlag.at